INTRODUCTION

AUX OUVRAGES

DE VOLTAIRE,

Par un homme du monde qui a lu
avec fruit ces Ouvrages immortels.

. . . . . *Ridentem dicere verum,*
Quid vetat ? . . . .

(Hor. Sat. I.)

Flottes (abbé)

MONTPELLIER,
De l'Imprimerie de TOURNEL Frères,
rue Aiguillerie, n.º 43.

1816.

DÉDICACE.

AUX JUGES ÉCLAIRÉS

DES *TALENS* ET DES *VERTUS*

DE VOLTAIRE.

ON ne peut point révoquer en doute que vers le milieu du siècle dernier, la *philosophie et la raison éclairèrent notre Patrie* (1). A cette brillante époque qui fut le commencement *de la régénération de l'esprit humain*, la France vit paraître dans son sein une foule de *grands hommes* recommandables par l'étendue de leurs connaissances, par la sublimité de leur génie et surtout par

_____

(1) C'est alors que l'existence de Dieu, l'immortalité de l'âme, la distinction entre le vice et la vertu, et la divinité du christianisme furent attaquées avec énergie et avec ardeur.

la *noble hardiesse* de leurs pensées (1).
Au jugement de quiconque sait raisonner et sentir, Voltaire occupe sans
contredit le premier rang parmi *ces
grands hommes. Poète, Philosophe,
Historien, Théologien* et *Savant* (2),

---

(1) On distingue parmi ces *grands hommes*
le *vertueux* Lamétrie qui pensait qu'il est prudent
de commettre les crimes les plus affreux pour
étouffer les remords ; le *chaste* Helvétius qui
disait tout bonnement qu'une fille de joie est
plus utile à la société qu'une religieuse ; le *to-
lérant* Didérot qui désirait de tout son cœur
de voir le dernier des prêtres étranglé avec les
boyaux du dernier des Rois ; *le bon citoyen*
Raynal qui conseillait aux peuples de s'armer
de pierres pour assommer leurs souverains, etc.
Je passe sous silence une infinité d'autres philosophes non moins instruits et aussi zélés.

(2) C'est ainsi que Voltaire se qualifie dans
ses nombreux ouvrages. J'ai cru qu'il était de
mon devoir de rappeler le jugement que notre
immortel philosophe portait de lui-même. Les
grands hommes peuvent seuls reconnaître leur
propre mérite. Un auteur, esclave des préjugés,
qui imiterait la conduite de Voltaire, serait un
impudent ; mais Voltaire, en tenant cette conduite, ne fait que rendre hommage à la vérité.
Il avait raison de se *dispenser de la modestie.*

cet écrivain extraordinaire appliqua son
génie à toutes les sciences, à tous les
arts et à toutes les langues, et toujours
ses efforts furent couronnés du succès
le plus glorieux. Les hommes vertueux et
sensibles qui eurent le bonheur inappré-
ciable de goûter les délices des utiles,
savans et philanthropiques entretiens du
Patriarche de Ferney (1), se plurent à
l'envi à nous assurer qu'il était inacces-
sible à tous les sentimens de jalousie (2)

---

(1) C'est dans ces entretiens que Voltaire
excitait ses chers amis à faire tous leurs efforts
pour écraser *l'infâme*, c'est-à-dire, la religion
chrétienne qui, comme tous les sages savent,
fait le malheur du genre humain, quoique Montesquieu assure qu'elle fait notre bonheur même
dans cette vie. (Esprit des lois, liv. 24. ch. 3.)

(2) Des *fanatiques* ont osé contredire cette
assertion qui est un *axiome* pour tous les philosophes. Ils ont prétendu que Voltaire se livrait
aux emportemens les plus violens et quelquefois
les plus ridicules contre tous ceux qui prenaient
la liberté de n'être pas de son avis. Ils ont dit
que Voltaire appelait ses antagonistes, « polissons»
« gredins, cuistres, pédans, fanatiques, ignorans,

et d'intérêt (1) qui agitent et qui tour-
mentent les âmes vulgaires, et qu'il ne

« bavards, extravagans, fripons, imbécilles,
« hypocrites, animaux, misérables, infâmes dé-
« bauchés, imposteurs, calomniateurs, voleurs,
« etc. etc. » Voltaire, il est vrai, a désigné
souvent par ces qualifications, ses implacables
ennemis qui étaient aussi les ennemis de la raison.
Ces qualifications, j'en conviens, seraient dignes
de blâme, si elles n'étaient point données par
un *philosophe* qui ne les emploie que dans des
circonstances convenables. Or, Voltaire sachant
de science certaine que ses ennemis étaient *des
fous*, il devait *nécessairement* leur répondre
suivant *leur folie.* Je suis si convaincu de cette
vérité, que dans le cours de cet ouvrage je me
servirai toujours de ces qualifications *justes et
énergiques*, pour désigner les *calomniateurs de
l'ami du genre humain.*

(1) Des *fripons* qui paraissent n'être pas convaincus *de cette vérité*, s'égaient beaucoup sur
le prêt de Voltaire au juif Médina, et sur la
banqueroute de ce dernier. Ils ont même *l'insolence* d'insinuer que les invectives de Voltaire
contre la nation Israélite pourraient *peut-être* tirer
leur origine de la douleur qu'ils prétendent avoir
été éprouvée par le Nestor de la philosophie à
l'occasion de cette perte. Les sages méprisent

songeait qu'à connaître la vérité et à pro-
curer le bonheur à ses semblables. Aussi
sa devise était *vérité et vertu*. On est
pleinement convaincu que le témoignage des confidens de *l'oracle* de la
philosophie était vrai , lorsque dans le
recueillement de l'esprit et dans le silence des passions , on médite attenti-
vement sur les écrits *du grand homme*
du dix-huitième siècle. Jamais dans ces
ouvrages qui ont produit en Europe une
révolution aussi heureuse (1) , la vé-

---

ces calomnies. Ils savent que *la vive douleur* à
laquelle *l'âme généreuse* de Voltaire se livra , au
sujet de la banqueroute du juif, doit être attribuée *non au regret de l'argent perdu*, mais
bien *à une considération philosophique* sur l'ingratitude de Médina. Ils savent aussi que quand
Voltaire prêtait, c'était parce que , comme il
le dit lui-même, « Il aimait passionnément son
« prochain. »

(1) Les *imbécilles*, pour fermer les yeux à la
lumière , rêvent sans cesse les malheurs épou-
vantables qui ...t pesé sur la France et sur
l'Europe depuis l'an 1789.

rité (1) et les mœurs (2) ne sont attaquées ; et on n'y franchit jamais les
barrières sacrées au-delà desquelles la
décence et la modération (3) défendent
d'avancer.

---

(1) Voltaire assurait, en parlant de lui-même,
« qu'il aimait passionnément la vérité. » Si les
imposteurs ont encore quelque *pudeur*, ils con-
viendront, après avoir lu mon ouvrage, que
Voltaire, en avançant la proposition que je viens
d'exposer, ne faisait *que se rendre justice.*

(2) Des *débauchés infâmes* ont *l'affreuse malignité* de vouloir jeter quelques nuages sur un
fait aussi évident. Qu'ils sachent que Voltaire
soutient que dans ses écrits il a toujours été « chaste,
« bienséant, plein de pudeur. » Quel homme
serait assez audacieux pour ne pas ajouter foi
à l'auteur de la *Pucelle*, sur un pareil article ?

(3) Les *hypocrites* ont la hardiesse d'avancer
qu'il paraît que Voltaire *a un peu* dépassé les
bornes de la *modération* lorsqu'il a voulu donner
à entendre que certains auteurs qui ne pensaient
pas tout-à-fait comme lui étaient dignes du feu.
Ces *hypocrites* se scandalisent qu'un pareil vœu
ait été formé dans le cœur d'un philosophe qui
a composé *un traité sur la tolérance*, et qui a
parlé assez souvent de son *amour passionné* pour

Après cela qui pourrait s'étonner que Voltaire ait été en butte aux traits les plus envenimés de la jalousie, de l'ignorance et de la superstition ? Dans tous les siècles, les Génies supérieurs ont payé chèrement l'avantage d'éclipser tout ce qui les environne ; dans tous les siècles, la médiocrité envieuse a déployé son énergie et ses efforts pour se venger des hommes célèbres qui n'étaient coupables d'autres crimes que d'éclairer et d'instruire leurs semblables. Voltaire devait donc s'attendre à être persécuté, et plus il était supérieur à ses contemporains, plus ceux-là devaient le persécuter avec acharnement. Qui

---

ses semblables. Mais il est évident que c'est là un scandale pharisaïque. Les esprits qui ne sont pas encore élevés à la hauteur des principes ne comprennent pas que la tolérance philosophique embrasse tous les hommes, *les ennemis de la philosophie seuls exceptés*. Nos souverains de 1793 étaient bien convaincus de cette vérité philanthropique.

le croirait, si des livres infâmes (1), la
honte de leurs auteurs, ne l'attestaient?
Le *savant universel* fut taxé *d'ignorance.*
Le philosophe par excellence et le défen-
seur de la vérité fut accusé de mauvaise foi, et *on poussa l'horreur* jusqu'à
prétendre qu'il était tombé dans des
contradictions révoltantes. Je dois le
dire à la gloire de la France et de
l'Europe, tous les hommes instruits reje-
tèrent avec indignation ces productions
odieuses, et vouèrent au mépris les
écrivains assez lâches pour attaquer un
savant modeste, philanthrope et vertueux. Mais je dois l'avouer aussi, on ne
vit que trop et on ne voit que trop
encore aujourd'hui d'hommes prévenus,
égarés ou hypocrites qui répètent avec

_____

(1) On trouve, parmi ces rapsodies, les lettres
de quelques Juifs, par Guenée ; le supplément
à la philosophie de l'histoire, par Larcher ; les
erreurs de Voltaire, par Nonotte ; le traité de
la religion, par Bergier ; les réponses critiques,
par Bullet, etc. etc.

emphase ces accusations mensongères , et qui s'efforcent de les faire accroire à la jeunesse. Indigné des menées basses et honteuses auxquelles se livrent ces fléaux de la philosophie , qui n'aspirent qu'à la gloire insensée de s'opposer aux progrès des lumières (1); j'ai formé le noble projet de venger Voltaire et avec lui *la raison universelle*. On l'a taxé d'ignorance , on l'a accusé de mauvaise foi , on a prétendu qu'il était tombé dans de nombreuses contradictions ; trois chapitres seront destinés à con-

---

(1) Dans quelles ténèbres ne serions-nous pas plongés si , pour *le malheur de la société* et à la *honte de la philosophie*, on parvenait à faire proclamer aujourd'hui parmi nous les *dogmes pernicieux* de l'existence de Dieu, de l'immortalité de l'âme, de la distinction entre le vice et la vertu, de la divinité de Jésus Christ, etc.! Mais grâces en soient rendues au zèle des philosophes , la France n'aura point à se reprocher d'avoir fait *ce pas rétrograde*.

fondre ces calomnies (1). J'offre cet ouvrage aux juges éclairés des *talens* et des *vertus* de Voltaire. Par leur heureuse influence (2), plus encore que par

---

(1) Il est pénible à un homme qui connaît et qui sent la dignité *de son espèce*, de ne présenter à son esprit que des tableaux rembrunis par les noires couleurs du mensonge et de la calomnie. Aussi je ne me suis point imposé l'obligation odieuse de rapporter toutes les horreurs que des *misérables* n'ont pas rougi de vomir contre le bienfaiteur de ses semblables. J'en rapporterai cependant *assez* pour mettre le lecteur instruit et sincère à même de juger le procès qui divise la *philosophie* et la *superstition.*

(2) Toutes les personnes instruites savent que vers la fin du siècle dernier les philosophes se prêtaient un mutuel appui. Ils se louaient *alternativement.* On les entendait préconiser les ouvrages de leurs chers confrères qui, se piquant de reconnaissance, les payaient avec usure. Bien plus, quelquefois l'auteur lui-même se rendait justice. C'est ce que faisait *très-souvent* Voltaire pour *l'intérêt de la bonne cause.* Je compte sur l'activité et sur le zèle des philosophes ; car je pense que leur charité ne s'est point refroidie. Ils peuvent m'être infiniment utiles en me prodiguant, toutes les fois que

mes recherches laborieuses, j'aurai la douce satisfaction de voir que mon introduction que je crois indispensable pour lire les ouvrages de Voltaire avec *fruit*, détrompera mes compatriotes égarés, et leur fera apprécier à leur juste valeur les connaissances, et surtout *la bonne foi* du philosophe Français.

---

l'occasion se présentera et même lorsqu'elle ne se présentera pas, les éloges que mon livre mérite, à raison de ma bonne volonté. Il faut aussi qu'ils soient disposés à attaquer *unguibus et rostro*, comme disait Voltaire, quiconque aurait la témérité de me contredire. Ils n'ont pas oublié que l'ancienne et excellente tactique consistait à louer avec un saint excès les *amis de la vérité et de la raison*, et à vilipender les partisans *du mensonge* et *de la superstition*. C'est en suivant scrupuleusement cette sage tactique, que les ouvrages des *philosophes* ont exercé une *utile influence*, et que les *libelles des croyans* ont été reçus *avec mépris*.

INTRODUCTION

AUX OUVRAGES

DE VOLTAIRE.

CHAPITRE PREMIER.

De la prétendue ignorance de Voltaire.

Avant de renverser les *horribles* prétentions des *pédans*, je vais établir d'une manière incontestable *l'universalité des connaissances* de Voltaire.

DÉMONSTRATION.

Voltaire a parlé dans ses ouvrages des langues Allemande, Espagnole, Anglaise, Hollandaise, Italienne, Celtique, Indienne, Persanne, Grecque, Latine,

Hébraïque , Chaldéeune , Phénicienne ,
Égyptienne , etc. etc. etc. Il a parlé aussi
de la politique , de l'agriculture , de la
physique , de l'histoire naturelle , des
mathématiques , de l'histoire ancienne
et moderne, sacrée et profane , de la
médecine , de la chronologie , de la
jurisprudence , de la théologie dogma-
tique et morale , de la philosophie, de
la géographie ancienne et moderne, de
l'astronomie, du commerce , de la police,
de la discipline militaire, de la marine, etc.
Donc Voltaire connaissait ces langues,
ces sciences et ces arts. Car un *philo-*
sophe ne s'avise jamais de parler de ce
qu'il ne sait pas.

CONFIRMATION

DE MA DÉMONSTRATION.

Voltaire jette du ridicule sur les auteurs qui citent les langues qu'ils ne
connaissent point. Peut-on raisonna-
blement supposer que Voltaire soit

tombé dans une faute qu'il reprochait lui-même à d'autres écrivains (1) ?

Je vais réfuter maintenant les *calomnies des cuistres*.

PREMIÈRE CALOMNIE.

Voltaire ne savait pas un mot de Grec.

Les *ignorans* qui soutiennent cette calomnie, commencent par nous dire qu'ils ne veulent point reprocher à Voltaire *l'Hellenos*, le *Graios*, le *Basiloi* (2) qu'il avait insérés dans les premières éditions de sa philosophie de l'histoire. Ils avouent que notre philosophe averti *charitablement* de ces fautes grossières par Larcher, profita de l'avertissement et remercia à sa façon (3)

---

(1) Dict. phil. art. Langues, sect. I.ʳᵉ (éd. de 1785) et ailleurs.

(2) A ces mots *Hellenos*, *Graios*, *Basiloi*, il fallait substituer ceux-ci : *Hellen*, *Graicos*, *Basileis*.

(3) Voltaire accusa *très-faussement* Larcher de s'être déshonoré par les crimes les plus affreux :

celui qui le lui avait donné. Mais ils ont *l'impudeur* d'avancer que Voltaire a enrichi ses *savans* ouvrages des *barbarismes* et des *solécismes* suivans : *ios , Chreistos , omoosios* (1) *, idiotoi , daimonos , eidolos , afronos* (2) *, elcim-*

---

tels que l'inceste, la bestialité, la sodomie, etc. Cette conduite, au premier coup d'œil, paraît n'être point *fort loyale*. Elle serait en effet très-répréhensible, si elle n'était point excusée et justifiée par la *haute philosophie* de notre grand homme. Toute personne qui pense doit donc être convaincue que puisque Voltaire a témoigné sa *reconnaissance de cette manière un peu étrange*, il y était autorisé par de *très-bonnes raisons*. Au reste je dois prévenir le lecteur que Voltaire se conduisait toujours de la sorte.

(1) Essai sur les mœurs et l'esprit des nations, art.s Des Sibylles chez les grecs, et Conquêtes des Romains, etc.

(2) Des *animaux* ont prétendu que Voltaire avait trouvé une nouvelle méthode pour *gréciser* les mots. Cette méthode, suivant eux, consistait à *ajouter savamment* la terminaison *os*. C'est en suivant cette méthode, disent-ils, que Voltaire a offert à *l'admiration des érudits*, le

meros, *epodi gonoeia*, *mokeuo*, *itimao*, *Arious*, *Sabellious*, *autein*, (1) *apeido-nen*, *parakremei* (2), etc. etc.

Ces barbarismes et ces solécismes, j'en conviens, sont effectivement consignés dans les *ouvrages érudits* de Voltaire. Mais ce philosophe *immortel* nous fournit une *réponse péremptoire* pour fermer la bouche à ses *impitoyables ennemis*. On l'accusa, comme toutes les personnes instruites savent, de ne pas connaître la langue Grecque dont il avait fait mille fois un pompeux éloge,

_____

daimonos, l'*eidolos*, l'*afronos*, etc. et qu'il a élégamment travesti Marmontel et Cogé en *Marmontelos* et *Cogeos*. Ces *animaux* prétendent aussi que cette *brillante méthode* peut être comparée à celle que suivent les *jeunes écoliers* lorsqu'ils ont le talent de *latiniser* les mots en ajoutant la terminaison *us*. Je ne fais point de cas de ces prétentions des *animaux*.

(1) Dict. phil. art.ᵉ abbaye. sect. 2; âme, sect. 1.ʳᵉ, grec, messie; enchantement; grec; scholiaste; arianisme, asmodée.

(2) Exam. import. ch. 12.

à cause de quelques fautes, grossières à la vérité, qui s'étaient glissé dans ses écrits. Voltaire se récria, comme de raison, contre cette calomnie et soutint que c'était une *horreur*. Il assura que les fautes grossières qu'on lui reprochait étaient l'ouvrage de ses *ignorans* typographes qui avaient *tout juste* mis les lettres qu'il ne fallait pas et oublié celles qu'il fallait (1). Cette réponse de Voltaire qui ne fut dirigée que contre une accusation particulière, je l'étends, je la généralise et je l'applique à tous les barbarismes et solécismes qu'on nous oppose. Or, d'après cette réponse *lumineuse et commode*, il est évident que si dans les *chefs-d'œuvre* de notre philosophe on lit les barbarismes et solécismes suivans : *ios*, *Chreistos*, *omoosios*, *idiotoi*, *daimonos*, *eidolos*, *afronos*, *elcimmeros*, *epodi gonoeia*, *mokeuo*, *itimao*, *Arious*, *Sabellious*, *autein*, *apeidonen*, *parakremei*, au lieu

(1) Déf. de mon oncle, ch. 10.

de ces mots : *huios*, *Christos*, *homoï-*
ousios, *idiôtai*, *daimôn*, *eidôlon*, *afrôn*,
epodou goneia, *môkaô*, *Areios*, *Sabellios*,
autein, *parachréma* ; c'est *uniquement*
à *l'ignorance* des typographes qu'il faut
l'attribuer.

Les *ignorans* ne s'avouent pas vaincus.
Ils nous disent si les barbarismes et les
solécismes de Voltaire doivent être attri-
bués à *l'imbécillité* des typographes,
comment est-il arrivé que ces typographes *imbécilles* aient pu enrichir la
langue Grecque de ces mots nouveaux :
elçimmeros, *itimao*, *apeidonen* ? Je réponds à cela que ces trois mots n'ont
pas reçu le droit de bourgeoisie Grecque
de la part des typographes ; mais qu'ils
ont été inventés par le *génie créateur*
de Voltaire.

Les ignorans insistent encore. Ils nous
demandent avec jactance comment *l'hel-*
léniste et grammairien Voltaire a pu
croire que le mot *blaptô* (1) était à

----

(1) Dict. phil. grec.

l'aoriste ? J'avoue que le mot *blaptô* est au *présent* et non point à *l'aoriste*, et je soutiens que cette *prétendue* méprise n'est point du tout surprenante. En effet l'imagination ardente et vive de Voltaire qui lui faisait voir le *passé* comme s'il était *présent*, devait nécessairement le déterminer à confondre dans *ses écrits* deux temps qui étaient confondus *dans son esprit*.

Deuxième Calomnie.

Voltaire n'était pas toujours bien ferme sur les principes de la grammaire Française.

Les *bavards* qui osent se déshonorer en soutenant cette calomnie s'efforcent, *mais en vain*, de l'appuyer sur quelque preuve du moins *spécieuse*. Ils trouvent à redire à cette phrase de Voltaire : « que de fadaises n'a-t-on pas *dit* du « duc de Buckingham ! (1) » Ils ont la

_____

(1) Dieu et les hommes, ch. 31.

méchanceté d'assurer que, pour que la phrase fût correcte, il fallait qu'il y eût : « que de fadaises n'a-t-on pas « *dites* du duc de Buckingham ! » Ils font les difficiles sur ces mots : « il en « fait horreur » que l'on lit dans le dictionnaire philosophique, art. livres, sect. 2. Ils ne veulent point convenir que Voltaire ait pu dire *par licence* que le *présent* et le *futur* sont des *modes* (1), ils ont la *malignité* de s'opiniâtrer à soutenir que le *présent et le futur* sont des *temps*. Mais le philosophe méprise ces vaines clameurs, et il est convaincu *même avant de connaître les objections* que l'on fait contre Voltaire, que ce grand homme a toujours raison.

TROISIÈME CALOMNIE.

Voltaire ne connaissait point du tout l'Hébreu.

Des *extravagans* se sont imaginé que

---

(1) Traité sur la tolérance, art. extrême tolérance des Juifs, not. h.

Voltaire qui a tant parlé de *l'Hébreu*, tant cité *d'Hébreu*, tant discouru sur le génie de *l'Hébreu* ne connaissait pas *l'Hébreu*. Ces *extravagans* ne se contentent point d'avancer cette *folle* proposition. Ils commettent encore le *crime d'en démontrer la vérité*. Pour atteindre ce but coupable, ils nous opposent d'un *air triomphant* le témoignage de Voltaire lui-même qui avoue « qu'il n'a « jamais pu apprendre l'Hébreu » (1). Je réponds que cet aveu ne prouve autre chose, sinon que Voltaire était doué d'une *humilité profonde et rare*. Ces *extravagans* font quelque difficulté de reconnaître dans Voltaire une *humilité profonde et rare*, ils persistent dans leur *ridicule erreur*. Ils répètent toujours que si Voltaire avait su l'Hébreu, il n'aurait point eu recours à son imagination vive et féconde pour *inventer* que le mot Hébreu qui désigne dans le Cantique des Cantiques le

_____

(1) Dict. phil. art. rime.

principal interlocuteur signifie proprement dans la langue originale , *mon chaton*, mon *petit chat* (1), tandis qu'il est certain que le *chat* n'est jamais nommé dans l'Écriture sainte ; il n'aurait point indiqué une triple orthographe *vicieuse* pour écrire le mot *eloah* (2) et passé sous silence l'orthographe *véritable* (3). Il n'aurait pas dit tantôt que l'Hébreu était un mélange *d'ancien phénicien* (4) et de chaldéen corrom-

---

(1) Celte *Invention* de Voltaire a été relevée dans un libelle obscur qui porte le titre de l'Oracle des philosophes , p. 462 et 463.

(2) Voltaire écrit *eloï*, *eloa* , *elohah.*

(3) On est forcé de convenir qu'il arrivait *souvent* à Voltaire d'écrire les mots hébreux qu'il citait, de plusieurs *manières différentes* et *presque toujours toutes vicieuses.* Cela ne peut *scandaliser que des pauvres d'esprit.* Les hommes érudits n'ignorent point que les *savans* se mettent au-dessus des *minuties* de l'orthographe.

(4) Les *extravagans* demandent si Voltaire avait déterré dans ses recherches laborieuses un *phénicien moderne* dérivé de *l'ancien*, et s'il les avait comparés ensemble? Je ne réponds pas à ces questions.   3

pu (1) ; tantôt qu'il était un mélange de Phénicien , d'Égyptien , de Syrien et d'Arabe (2) ; il n'aurait pas imaginé que ces mots *kirjath sepher* signifiaient « la Phénice était appelée le pays « des lettres (3), » lorsque ces mots signifient simplement *la ville (4) des lettres* ; il n'aurait pas eu le *talent* de trouver dans l'évangile de Saint Jean écrit *en Grec* un *mot Hébreu* , et il n'aurait pas poussé *le génie* jusqu'à donner la *traduction exacte de ce mot chimérique* (5).

Je réfute toutes *ces impertinences* , en répondant à ceux qui les avancent qu'ils sont des *extravagans*.

---

(1) Dict. phil. art. Adam. sect. 1.re

(2) Traité sur la tolérance , art. extrême tolérance des juifs , note h.

(3) Essai sur les mœurs et l'esprit des nations, art. des Phéniciens, etc.

(4) Voltaire a changé dans cette traduction par la *force de son génie* une *ville* en un *état.*

(5) Exam. imp. ch. x. note c. « l'hébreu se « sert d'un mot qui répond au mot *grisés*; La vul-« gate au ch. 11. v. 10. dit *inebriati* , énivrés. »

Quatrième Calomnie.

Voltaire n'était pas un fort habile latiniste.

Les *gredins* font grâce à Voltaire du *niticorax* qui s'était *glissé furtivement trois fois* dans une page du diction-naire philosophique (1) ; ils disent que, sur l'avis de Guenée, Voltaire crut qu'il était *sage* de substituer *sans bruit* au barbarisme *niticorax* , le terme latin *nycticorax.* Ils louent même la *pru-dence* et la *docillté* de notre philosophe à cet égard. Mais ils ne sont pas si com-plaisans au sujet d'une autre *distraction involontaire* , et par conséquent *inno-cente* , qu'ils ont *la cruauté* de lui repro-cher. Ils répètent après Larcher , que Voltaire eut tort d'avancer que Bacchus était appelé *Misem* , tandis qu'il portait le nom de *Mises.* Ils attribuent cette

---

(1) Art. ana, lettre de M. de Voltaire sur plusieurs anecdotes.

méprise à une citation de Huet (1) con-
çue en ces termes : « *Orphic* Hymn. In
« Misem » et ils *osent* soutenir que
Voltaire n'appela Bacchus *Misem* au lieu
de lui donner le nom de *Mises,* que
parce qu'il ne put pas deviner que l'accu-
satif *Misem* devait avoir le nominatif
Mises. Ils ajoutent que Voltaire corrigea
cette faute dans l'Essai sur les mœurs
et l'esprit des nations, qui avait été
attaqué spécialement par Larcher (2),

(1) La démonstration évangélique de cet auteur
était souvent mise à contribution par Voltaire
qui s'appropriait *par droit de conquête* les idées
de l'évêque d'Avranches, et qui, pour éviter
de faire naître des soupçons, ne manquait pas
de bien tourner en ridicule le pauvre évêque.
Voltaire se conduisait de la même manière à
l'égard de tous les auteurs auxquels il faisait
l'honneur d'enlever le fruit de leurs recherches ;
ainsi après avoir bien pillé dom Calmet, il avait
l'attention de l'appeler *l'innocent.*

(2) La philosophie de l'histoire qui fut attaquée
par Larcher, sert dans l'édition de 1785, d'introduction à l'Essai sur les mœurs et l'esprit
des nations.

mais que ses grandes occupations ne
lui permirent pas de penser à faire la
même correction dans les autres ouvrages où il avait entrepris de signaler le
nom de Bacchus (1). Je réponds à ces
gredins qu'il faut pousser l'insolence jusqu'à l'excès, pour faire un crime à un
savant tel que Voltaire, de n'avoir pas
su *en effet* décliner un nom latin de
la troisième déclinaison.

Les *gredins* continuent à outrager
notre philosophe ; ils le blâment de s'être
servi de cette traduction latine : « quantò
« animus præstat corpore, *tantùm* sa-
« cerdotium regno » (2), en citant un
passage des constitutions apostoliques.
Ils assurent qu'un *écolier de quatrième*
aurait substitué *hardiment tantò* à *tantùm*, parce que, disent-ils, un *écolier
de quatrième* sait que la grammaire latine ordonne impérieusement de mettre

(1) Voyez Dieu et les hommes, ch. XI ; examen
important, ch. 2, etc.
(2) Exam. imp. ch. 18.

quantò, *tantò*, à la place de *quantùm*, *tantùm* devant les verbes qui désignent une comparaison. Or, il y avait dans la phrase en question le verbe de comparaison *præstat*, exprimé dans le premier membre de la phrase, et sous-entendu dans le second. Je conviens de la *justesse* de l'observation, mais je soutiens qu'on ne peut en rien conclure contre la *profonde latinité* de Voltaire.

CINQUIÈME CALOMNIE.

Voltaire avait un peu oublié la Géographie

Les *ignorans* se récrient contre cette assertion de Voltaire : « Voyez Damiette « où nous abordâmes du temps des « croisades, et qui est actuellement à « dix milles au milieu des terres. La « mer se retire tous les jours de Ro-« sette » (1). Ils s'opiniâtrent à nier

(1) *Essai sur les mœurs et l'esprit des nations,* art. des changemens dans le globe.

que Damiette soit ou ait été bâtie sur le bord de la mer (1). Ils refusent de croire que « la mer se retire tous les jours « de Rosette » ; ils prétendent que cette ville est actuellement tout aussi près de la mer que du temps de sa fondation.

J'anéantis la hardiesse de ces *ignorans* en leur répondant , que Voltaire avait acquis le droit , *par l'éclat de ses talens,* de se *dispenser* d'être *exact dans des détails de géographie.*

Ces *ignorans* s'acharnent à la poursuite de notre philosophe. Ils ne craignent point de se permettre des *plaisanteries* sur son compte. Ils le félicitent d'avoir eu le *bon sens* de retrancher dans son Essai sur les mœurs et l'esprit des nations , d'après les sages avis de Larcher, cette assertion : « Ninive

_____

(1) Damiette où les croisés abordèrent du temps de Saint Louis, était éloignée de la mer d'une demi-lieue. Cette ville fut détruite, et elle fut rebâtie à une distance moins rapprochée de la mer.

« était seulement à 40 lieues de Baby-
« lone », tout en répondant que Larcher
se *trompait* (1) ; mais ils trouvent à
redire que Voltaire ait substitué à cette
assertion inexacte, l'assertion suivante
qui ne l'est pas moins : « Ninive était si
« près de Babylone » (2) ; ils prouvent
d'après les cartes (3), que la distance de
Babylone à Ninive était de près de 100
lieues, et ils prétendent que cette distance n'était pas *si petite*. J'avoue que
la distance de Babylone à Ninive était
de près de 100 lieues, et je soutiens
que malgré cela Voltaire a pu dire que
Ninive était si près de Babylone ; *les
esprits bornés* peuvent, s'il leur plaît,
trouver considérable la distance de 100
lieues ; mais les philosophes qui voient
les *choses en grand*, pensent bien
différemment. C'est d'après ce principe

---

(1) Défense de mon oncle. ch. 2.
(2) Essai sur les mœurs, art. des Chaldéens.
(3) Voyez les cartes de M. d'Anville.

que Voltaire parlant d'un voyage d'Abraham, disait tantôt « qu'il y avait d'Aran « à Canaan *200 lieues environ* » (1), et tantôt que la distance entre ces deux villes n'était que de *100 lieues* (2).

SIXIÈME CALOMNIE.

La Chronologie n'était pas toujours bien présente à l'esprit de Voltaire.

Les *misérables* qui soutiennent cette calomnie, s'efforcent de la prouver en nous opposant premièrement, que Voltaire, lorsqu'il avance que Josias composa le Pentateuque 36 ans après la ruine de Jérusalem (3), accorde *libéralement* à ce roi 58 ans de vie dont il ne jouit point ; car, disent-ils, Josias mourut l'an du monde 3394, la ruine de Jérusalem eut lieu l'an du monde 3416, la distance entre ces deux époques

---

(1) Bible enfin expliquée, p. 36. note k.
(2) Essai sur les mœurs, art. de Bram, etc.
(3) Dieu et les hommes. ch. 19.

est de 22 ans, lesquels ajoutés à 36 font juste 58, en nous opposant en second lieu, que Voltaire n'a pu enseigner que Jérémie avait travaillé, conjointement avec Esdras, à la composition du pentateuque (1), sans avoir appris par une révélation particulière que Jérémie était ressuscité ; car Jérémie mourut 127 ans avant l'arrivée d'Esdras à Jérusalem ; en nous opposant en troisième lieu, que Voltaire en plaçant l'apparition du buisson ardent à Moïse à l'année du monde 2213, se trompe net de 300 ans : erreur, ajoutent-ils, qui ne saurait être attribuée aux typographes, parce que Voltaire fait un calcul sur ce nombre, calcul qui ne serait point exact si l'on ne lisait point 2213 (2) ; en nous opposant enfin

_____

(1) Exam. imp. ch. 4.

(2) Dict. phil. art. Moïse, sect. 2. Voltaire veut prouver qu'entre Moïse et le secrétaire Saphan, il s'est écoulé 1167 années. Il dit alors, « Dieu apparut à *Moïse* dans le buisson ardent « l'an du monde 2213, et le secrétaire *Saphan*

que Voltaire qui nous apprend que,
suivant le texte samaritain, le déluge
arriva l'an du monde 2309 (1), n'exa-
gère que d'environ 1002 ans.

Il est impossible de contester *la vérité*
de ces observations. Mais je réponds avec
notre *pieux* philosophe : « Quand Dieu
« nous jugera tous dans la vallée de
« Josaphat, il est probable qu'il ne nous
« punira pas d'avoir été de mauvais
« chronologistes » (2). Que cette réponse
est *édifiante* ! ! !

SEPTIÈME CALOMNIE.

*Voltaire aurait eu besoin quelquefois
de relire l'Histoire.*

Les *fripons* qui veulent *accréditer
cette calomnie*, reprochent à Voltaire

« publia le livre de la loi l'an du monde 3380. »
Or, faites la soustraction, vous aurez de resté
1167.

(1) Profession de foi des théistes, art. toute
religion rend témoignage au théisme.

(2) Défense de mon oncle. ch. 8.

d'avoir assuré positivement et hardiment
que, si l'on en croit Sextus Empiricus,
la pédérastie était ordonnée par les lois
des Perses (1), tandis que Sextus Empiricus dit précisément le contraire (2).
Ils prétendent que Voltaire a usé d'une
licence un peu trop étendue, lorsqu'il a
fait dire à Saint Clément d'Alexandrie
dans les Stromates « que ceux qui en-
« traient dans *le temple* de *Sérapis*
« étaient obligés de porter sur eux le
« nom de *Jhaho* ou bien celui de *Jhahou*
« qui signifie le Dieu éternel » (3).

Ils prouvent en rapportant le texte
de Saint Clément, qu'il y est question
du temple *du Dieu vivant* et non point
du temple de *Sérapis* (4) ; ils veulent
absolument que la mémoire ait *manqué*

---

(1) Dict. phil. art. amour socratique, Essai sur
les mœurs etc. art. des Babyloniens, etc.

(2) Sextus empir. liv. 1. ch. 14.

(3) Essai sur les mœurs, art. des rites égyptiens.

(4) Strom. liv. 5. p. 666. édit. 1715. in-folio.

net à notre philosophe lorsqu'il a dit dans son Dictionnaire philosophique, article livres, section première : « Plu- « sieurs évêques prétendirent qu'il fallait « rebaptiser » (les chrétiens qui avaient livré aux païens les livres saints) ; « ce qui « occasionna un schisme épouvantable ; » ils ajoutent que dans cette circonstance la *mémoire infidèle* de Voltaire fut aidée par son *imagination inventrice.*

Je ferme la bouche à ces *fripons* en leur répliquant que les *poètes* ont le droit *d'inventer et de créer ;* et s'ils m'objectent que les ouvrages d'où ils tirent les assertions *inventées et créées* ne sont point des *poèmes,* mais des *écrits sérieux,* je *conviendrai du fait ;* mais je soutiendrai *vivement* que l'auteur est *poète partout.*

HUITIÈME CALOMNIE.

Voltaire est tombé assez souvent *dans des bévues* passablement ridicules.

Voici les preuves *démonstratives* et

4

convaincantes dont se servent les *misé-rables* pour donner quelque *apparence de vérité* à leur odieuse calomnie.

Première bévue. Voltaire *métamorphose Samson en livre* (1). C'est un supplément aux métamorphoses d'Ovide (2).

Deuxième bévue. Voltaire dit *savamment :* « L'auteur du Mercure Trismégiste (3). » Cette assertion ressemble à celles-ci : *L'auteur du Virgile*, *L'auteur du Racine*, *L'auteur du Boileau.*

Troisième bévue. Voltaire parle de la *dynastie de Mendès* (4). C'est comme si l'on disait : « La dynastie de Paris,

---

(1) Essai sur les mœurs, etc. de Moïse, etc.

(2) Voltaire avait un goût décidé pour les métamorphoses. Il parle dans ses ouvrages d'un livre persan, intitulé *Sadder*. Il crut naïvement que c'était le *nom d'un personnage*. L'abbé Foucher l'avertit qu'il n'avait pas *tout-à-fait* deviné. Voltaire profita de l'avertissement, et *remercia* l'abbé, c'est-à-dire, il l'*injuria*, comme il était *juste* et *convenable*.

(3) Dict. phil. art. Moïse, 1.re sect.

(4) Défense de mon oncle. ch. 7.

« la dynastie de Londres. » Il prend *élé-gamment* le contenant pour le contenu. Cette brillante figure de rhétorique s'appelle *métonymie*.

Quatrième bévue. Voltaire nous dit dans l'Essai sur les mœurs : « Les livres « de *Moïse* et de *Josué*, et le reste du « Pentateuque (1). » On conclut de là premièrement, que Voltaire ne savait point de combien de livres était composé le Pentateuque (2), quoiqu'en plus de 20 endroits, il eût attaqué l'authenticité de ce livre ; secondement que Voltaire ne savait point non plus, qu'on n'attribue à Josué qu'un seul livre.

Cinquième bévue. Voltaire prouve qu'il *raisonne puissamment*, lorsqu'il

---

(1) Art. de Moïse, etc.

(2) Les jeunes filles et les jeunes garçons qui se disposent prochainement à leur première communion savent que le Pentateuque est uniquement composé des cinq livres de Moïse, qui sont la genèse, l'exode, le lévitique, les nombres et le deutéronome.

dit : « *Ba* signifie père dans les langues
« orientales , et *Bel* signifie *Dieu* ; *Babel*
« signifie la ville de *Dieu* , la ville
« sainte (1). » Les *imbécilles* auraient
dit : si *Ba* signifie père dans les langues
orientales , et si *Bel* signifie *Dieu* , *Babel*
signifie *père Dieu ou Dieu père.*

Sixième bévue. Voltaire prétend que la
position de la *ville* ou *village* d'Haran (2)
est inconnue ; et malgré cela il ne ba-
lance pas à décider quelle distance il
y a de cette *ville ou village au Canaan* (3).

Septième bévue. Voltaire nous apprend
dans Dieu et les hommes , chap. 31 ,
« que *Philon* , autre célèbre auteur juif
« contemporain, *n'a cité jamais le nom*
« *de Jésus ;* » et à la ligne précédente
il avait dit : « *Philon* nous assure que
« *Juste* de Tibériade.... garde un pro-
« fond silence sur *Jésus.* »

---

(1) Dict. phil, art. Babel, sect. 2.

(2) Dict. phil. art. Abr. sect. 1.

(2) Bible enfin expliquée p. 36. note. k.

Huitième bévue. Voltaire nous *révèle* dans le Dictionnaire philosophique, art. a , b , c : « que le langage des peuples « de la Phénicie était *rude , grossier;* » et dans le même ouvrage et au même article , il avait aussi *révélé,* « que les « Phéniciens étaient nommés le *peuple* « *lettré* par les Hébreux mêmes ; » et ailleurs il prononçait, « que les Phéniciens « étaient un peuple *commerçant ,* industrieux et savant (1). »

Je ne réfuterai point ces *calomnies* en niant la vérité des citations ou la justesse des remarques , parce qu'il serait impossible de le faire avec quelque apparence de raison ; mais je terrasserai ces calomniateurs en leur répondant , que Voltaire nous apprend qu'il « écrivait pour l'édification des jeunes « Welches qui lisent en courant et qui « oublient tout ce qu'ils lisent (2). »

---

(1) Essai sur les mœurs , art. des Phéniciens.

(2) Dict. phil. art. Ventres paresseux. note. *a.*

CHAPITRE SECOND.

De la prétendue mauvaise foi de Voltaire.

DÉMONSTRATION.

Voltaire déclare « qu'il aimait pas-« sionnément la vérité ; » donc accuser Voltaire *de mauvaise foi*, c'est se rendre coupable d'une *calomnie insigne.* Car tout le monde sait que les philosophes ne se vantent jamais d'avoir des qualités qu'ils ne possèdent point. On sera encore plus convaincu de toute la *force de ma démonstration*, lorsque l'on aura lu l'entretien que je vais rapporter.

L'IMPOSTEUR.

Voltaire voulant tourner en ridicule l'auteur de la Genèse, nous demande dans les questions de Zapata d'un air triomphant : « Comment Dieu créa-t-il « *Adam* mâle et femelle (1) ? » Ailleurs

---

(1) N. 9.

il veut appuyer son assertion sur le
témoignage de l'Écriture même , à laquelle il fait dire : « Dieu fit l'homme
« mâle et femelle (1) ; » cependant toutes
les personnes qui ont lu la Genèse savent
qu'il y a dans le texte sacré : « Dieu *les*
« créa mâle et femelle (2). » Comment
excusez-vous votre philosophe ?

Le Philosophe.

Rien de plus facile. Voltaire dans les
passages que vous venez de citer , ne
voulait pas dire *entièrement la vérité.*
Il se contentait de l'à-peu-près. Le *véri-*
dique Voltaire n'avait-il pas ce droit ?

L'Imposteur.

Trouvez-vous que Voltaire ait tenu
une conduite fort loyale lorsque , suivant
que l'exigeait l'intérêt de l'assertion qu'il

---

(1) Bible enfin expliq. p. 9, c. 1.
(2) Genèse , ch. 1. v. 27. L'hébreu , la version
des 70 et la vulgate sont d'accord sur ce point.

voulait prouver (1), il avançait tantôt qu'*Adam* et *Éve* n'avaient été connus que des juifs (2) ; et tantôt que les juifs avaient pris leur *Adam* et leur *Éve* chez les Brachmanes (3)?

LE PHILOSOPHE.

Pourquoi non ? N'est-il pas *évident* que les philosophes doivent se servir de tous les moyens pour défendre *la bonne cause* ?

L'IMPOSTEUR.

Voltaire a-t-il pu dire sans blesser *la vérité*, « qu'on ne trouve dans toute la « Bible aucun passage où il soit dit que

---

(1) Quand Voltaire avançait qu'Adam et Éve n'avaient été connus que des juifs, il voulait attaquer la vérité des faits contenus dans les livres saints ; quand il soutenait que les juifs avaient pris leur Adam et leur Éve chez les Brachmanes, il voulait démontrer que les juifs étaient des copistes.

(2) Dict. phil. art. Adam, sect. 1.re et ailleurs.

(3) Dict. phil. art. Adam, sect. 2. et ailleurs.

« la matière ait été faite de rien (1), »
lorsqu'il est rapporté dans le second livre
des Machabées que l'héroïne qui vit
périr ses sept enfans sous ses yeux,
disait au dernier de ses fils, en l'exhor-
tant à souffrir la mort avec courage :
« Mon fils, regarde le ciel, la terre et
« tout ce qu'ils renferment, et sache
« que Dieu *les a faits de rien*, ainsi
« que tout le genre humain (2) ? »

LE PHILOSOPHE.

Voltaire ne connaissait *peut-être* pas
ce passage.

L'IMPOSTEUR.

Voltaire assure dans la profession de
foi des Théistes, « que le premier chapitre
« de la Genèse n'est qu'une imitation de
« l'ancienne Cosmogonie des Phéni-

---

(1) Dict. phil. art. Genèse.
(2) Ch. 7. v. 28.

« ciens (1); » je vais mettre sous vos
yeux le premier chapitre de la Genése
et l'ancienne Cosmogonie des Phéniciens,
et vous déciderez vous-même, si Voltaire a été fidèle dans cette occasion à
son *amour passionné pour la vérité.*

COSMOGONIE HÉBRAÏQUE (2).

« Au commencement
« Dieu créa le ciel et la
« terre. La terre était
« d'abord toute couverte
« d'eau, les eaux étaient
« environnées de ténè-
« bres et l'esprit de Dieu
« était porté sur les eaux.
« Dieu dit : que la lu-
« mière soit, et la lu-

COSMOGONIE PHÉNICIENNE (3).

« *Sanchoniathon ,* »
dit son traducteur Philon
(4), « *avance que cet*
« *univers doit son origine*
« *à un air ténébreux, ou*
« *si vous aimez mieux ,*
« *au souffle d'un air té-*
« *nébreux, et à un chaos*
« *immense environné des*
« *ténèbres les plus épais-*

(1) Art. Dieu est le père de tous les hommes.
(2) Genès. ch. 1.
(3) Eusèb. Præp. Ev. liv. 1. ch. 10.
(4) Philon de Biblos avait traduit en grec Sanchoniathon.

« mière fut (1). Et Dieu
« vit que la lumière était
« bonne. Il sépara la lu-
« mière d'avec les ténè-
« bres, et il donna à la
« lumière le nom de jour
« et aux ténèbres le nom
« de nuit. Ce fut le pre-
« mier jour. Dieu dit :
« que le firmament soit
« au milieu des eaux ;
« qu'il sépare les eaux
« d'avec les eaux. Et cela
« fut fait ainsi. Et Dieu
« fit le firmament, et il
« sépara les eaux qui
« étaient sous le firma-
« ment d'avec celles qui
« étaient dessus (2).

« ses. *Sanchoniathon*
« *pense que cet air et ce*
« *chaos sont infinis, et*
« *qu'ils doivent exister*
« *pendant une longue*
« *suite de siècles.* Lors-
« *que le souffle,* » dit
Sanchoniathon , « *fut*
« *épris d'amour pour*
« *ses propres principes,*
« *et que cet amour eut*
« *donné lieu à une com-*
« *munication, cette com-*
« *munication reçut le*
« *nom de* Désir ; *elle est*
« *la source de tout ce*
« *qui existe. Or, le souf-*
« *fle ne connaissait point*
« *son ouvrage. De cette*

(1) « Le législateur des Juifs, qui n'était pas un homme
« ordinaire, dit Longin, ayant fort bien conçu la
« grandeur et la puissance de Dieu, l'a exprimée dans
« toute sa dignité, au commencement de ses lois, par
« ces paroles : Dieu dit : que la lumière se fasse, et la
« lumière se fit; que la terre se fasse, et la terre fut faite.»
(Traité du sublime, ch. 7).

(2) Le mot hébreu, rendu dans nos versions par *firmament*, signifie *étendue.* Les eaux qui sont sous l'étendue
des cieux, sont les mers et les rivières ; celles qui sont
au-dessus, sont les eaux réduites en vapeurs et suspendues
dans l'atmosphère.

« Dieu donna au firma-
« ment le nom de Ciel,
« et il vit que cela était
« bon. Ce fut le second
« jour. Dieu dit : que les
« eaux qui sont sous le
« Ciel se réunissent en
« un seul lieu, et que
« l'élément aride pa-
« raisse, et cela fut fait
« ainsi. Dieu donna à
« cet élément aride le
« nom de terre. Il donna
« aux eaux réunies le
« nom de mer. Et Dieu
« vit que cela était bon.
« Dieu dit encore : que
« la terre produise de
« l'herbe verte qui porte
« de la graine, et des
« arbres fruitiers qui
« portent du fruit, cha-
« cun selon son espèce,
« et qui renferment leur
« semence en eux-mê-
« mes pour se reproduire
« sur la terre. Et cela se
« fit ainsi. La terre pro-
« duisit donc de l'herbe
« verte qui portait de la

« communication du
« souffle naquit Mot.
« Les uns prétendent que
« Mot signifie limon.
« D'autres pensent qu'il
« faut entendre par Mot
« un mélange d'eau cor-
« rompue. Ce mélange
« a été la semence de ce
« qui existe. Il a été le
« principe de l'univers.
« Il y avait des animaux
« qui n'étaient point
« doués du sentiment.
« Ces animaux donnè-
« rent naissance à d'au-
« tres animaux qui fu-
« rent intelligens, et que
« l'on nomma Zophasé-
« min, c'est - à - dire,
« Spectateurs du Ciel.
« Aussitôt, Mot, *le so-*
« leil, la lune, les étoi-
« les, et les astres bril-
« lèrent avec éclat. . . . .
« L'air ayant brillé com-
« me le feu, la terre et
« la mer furent embrâ-
« sées. Cet embrâsement
« produisit les vents, les

« graine selon son es-
« pèce , et des arbres
« fruitiers qui renfer-
« maient leur semence
« en eux·mêmes, chacun
« selon son espèce. Et
« Dieu vit que cela était
« bon. Ce fut le 3.ᵉ jour.
« Dieu dit aussi : que
« des corps de lumière
« soient faits dans le fir-
« mament du Ciel, afin
« qu'ils séparent le jour
« et la nuit , et qu'ils
« servent de signes ponr
« marquer les temps ,
« les jours et les années,
« qu'ils luisent dans le
« firmament du Ciel ,
« et qu'ils éclairent la
« terre. Et cela fut fait
« ainsi. Dieu fit donc
« deux grands corps lu-
« mineux , l'un plus
« grand pour présider
« au jour , et l'autre
« moindre pour présider
« à la nuit. Il fit aussi
« les étoiles. Et il les
« mit dans le firmament

« nuages et les pluies
« Ces vents, ces pluies e
« ces nuages qui étaient
« séparés , furent arra-
« chés de leur place par
« la violence de la cha-
« leur du soleil ; ils se
« réunirent dans l'air ,
« et se mêlèrent les uns
« avec les autres. Ce mé-
« lange produisit la fou-
« dre et les éclairs. Le
« bruit terrible de la
« foudre réveilla les ani-
« maux intelligens dont
« nous avons parlé , et
« alors les êtres mâles et
« femelles se murent sur
« la terre et dans la mer...
Sanchoniathon ajoute
« que le vent Colpia, et
« sa femme Baau (ce
nom signifie la nuit)
« donnèrent naissance à
« deux hommes mortels;
« dont l'un fut appelé
« Eon, et l'autre Proto-
« gonos. »

5

« du Ciel pour les faire
« luire sur la terre. Il
« voulut aussi qu'ils pré-
« sidassent au jour et à
« la nuit, et qu'ils sé-
« parassent la lumière
« d'avec les ténèbres. Et
« Dieu vit que cela était
« bon. Ce fut le 4.e jour.
« Dieu dit encore : que
« les eaux produisent
« des animaux vivans
« qui nagent dans l'eau,
« et des oiseaux qui vo-
« lent sur la terre, sous
« le firmament du Ciel.
« Dieu fit donc les grands
« poissons et tous les
« animaux qui ont vie
« et mouvement , que
« les eaux produisirent,
« chacun selon son es-
« pèce ; et il créa aussi
« tous les oiseaux, cha-
« cun selon son espèce.
« Et il vit que cela était
« bon. Et il les bénit
« en disant : croissez et
« multipliez-vous, rem-
« plissez les eaux de la

« mer, et que les oiseaux
« se multiplient aussi
« sur la terre. Ce fut le
« 5.e jour. Dieu dit aussi:
« que la terre produise
« des animaux vivans,
« chacun selon son es-
« pèce, les animaux do-
« mestiques, et tous les
« reptiles, chacun selon
« son espèce. Et Dieu
« vit que cela était bon.
« Il dit ensuite : faisons
« l'homme à notre image
« et à notre ressem-
« blance, et qu'il com-
« mande aux poissons
« de la mer, aux oiseaux
« du Ciel, aux bêtes, à
« toute la terre, et à
« tous les reptiles qui se
« remuent sur la terre.
« Dieu créa donc l'hom-
« me; il le créa à l'image
« de Dieu, et il les créa
« mâle et femelle. Et
« Dieu les bénit en leur
« disant : croissez et
« multipliez-vous, rem-
« plissez la terre et vous

« l'assujettissez ; et do-
« minez sur les poissons
« de la mer , sur les oi-
« seaux du Ciel , et sur
« tous les animaux qui
« se meuvent sur la terre.
« Dieu leur dit encore :
« je vous ai donné toutes
« les herbes qui portent
« leur graine sur la terre,
« et tous les arbres qui
« renferment en eux-
« mêmes leur semence ,
« chacun selon con es-
« pèce , afin qu'ils vous
« servent de nourriture
« à vous et à tous les
« animaux de la terre ,
« à tous les oiseaux du
« Ciel , et à tout ce qui
« se meut sur la terre ,
« afin qu'ils aient de quoi
« se nourrir. Et cela se
« fit ainsi. Dieu vit tou-
« tes les choses qu'il
« avait faites , et il
« les approuva , parce
« qu'elles étaient très-
« bonnes. Ce fut le 6.e
« jour. »

Eh bien ! Vous semble-t-il que la Cosmogonie hébraïque soit une imitation de la Cosmogonie phénicienne ?

LE PHILOSOPHE.

Pas tout-à-fait. Mais *ce qui est de certain*, c'est que Voltaire, en avançant l'assertion que vous avez *complètement réfutée*, avait le projet *utile* de démontrer que le *petit peuple juif* était un peuple copiste. Cette *bonne intention suffit pour l'excuser.*

L'IMPOSTEUR.

Ne croyez-vous pas que Voltaire ait dépassé le *droit d'inventer accordé aux poètes*, lorsqu'il a dit : « Je sais qu'il « est dit dans la Genèse que *Deucalion* et « *Pyrrha* firent des enfans en se troussant « et en jetant des pierres entre leurs « jambes ? (1) »

(1) Questions sur les miracles, lettre 15.

LE PHILOSOPHE

Je conviens qu'il n'est pas parlé dans la Genèse de cette aventure ; mais je suis convaincu que Voltaire *avait ses raisons* en mettant au jour cette petite anecdote.

L'IMPOSTEUR.

Que répondez-vous aux apologistes du Christianisme qui s'indignent que Voltaire ait soutenu, pour infirmer la certitude du déluge universel, « que la men- « tion du déluge universel faite en détail « et avec toutes ses circonstances, n'est « que dans nos livres sacrés ; (1) » et qui convainquent *évidemment* Voltaire de *mensonge* en présentant le parallèle suivant :

HISTOIRE DU DÉLUGE, tirée de la Genèse.	HISTOIRE DU DÉLUGE, tirée des auteurs profanes.
« Dieu voyant que la « malice des hommes « qui vivaient sur la	« *La cruelle Erimnys,* dit *Jupiter dans Ovide,* « *règne sur toute la terre.*

(1) Défense de mon oncle, 2.e diatribe.

« terre, était extrême,
« et que toutes les pen-
« sées de leur cœur
« étaient toujours tour-
« nées vers le mal, Dieu,
« dis-je, se repentit
« d'avoir fait l'homme,
« et touché de douleur
« jusqu'au fond du cœur,
« il dit : j'exterminerai
« de dessus la terre,
« l'homme que j'ai créé
« (1). »

« Encore sept jours,
« dit Dieu à Noé, et je
« ferai pleuvoir sur la
« terre quarante jours et
« quarante nuits, et j'ex-
« terminerai toutes les
« créatures que j'ai fai-
« tes (2). »

« Fais une arche, dit
« Dieu à Noé (3). »

« *On dirait que les hom-*
« *mes ont juré de com-*
« *mettre le crime. Je*
« *veux qu'ils subissent*
« *au plutôt les châtimens*
« *qu'ils méritent (4).* »

« *Saturne prédit à*
« *Xixuthrus que le* 15
« *du mois de Désius, il*
« *détruira les hommes*
« *par un déluge* (5). »

« *Construis un vais-*
« *seau, dit Saturne à*
« *Xixuthrus* (6). »

---

(1) Gen. ch. 6, v. 5, 6, 7.
(2) *Ibid.* ch. 7, v. 4.
(3) *Ibid.* ch. 6, v. 14.
(4) Métamorph. l. 1, ch. 9.
(5) Georg. Sync. chron. p. 30, in-f.°
(6) *Ibid.*

« Tu prendras aussi « avec toi, dit encore « Dieu à Noé, de tout « ce qui se peut manger, » tu le porteras dans « l'arche pour servir à « ta nourriture (1). »

« Xixuthrus obéit aux « ordres de Saturne ; et « il prend dans le vais- « seau toute sorte de » provisions (5). »

« Noé entra dans l'ar- « che, et avec lui sa « femme, ses fils et les « femmes de ses fils (2). «

« Deucalion entra « dans l'arche avec ses « enfans et ses femmes « (6). »

« Les animaux entrent « dans l'arche deux à « deux, mâle et femelle « (3). »

« Les animaux vien- « nent vers Deucalion « deux à deux, mâle et « femelle (7). »

« Dieu épargne Noé, « parce qu'il l'a trouvé « juste (4). »

« Deucalion est sauvé « à cause de sa justice « et de sa piété (8). »

« Tout le genre hu- « main périt à l'excep-

« Tout le genre hu- « main périt à l'excep-

---

(1) Gen. ch. 6. v. 21.

(2) *Ibid.* ch. 7. v. 7.

(3) *Ibid.* ch. 7, v. 9.

(4) *Ibid.* v. 1.

(5) Georg. Sync. chron. p. 30, in-f.°

(6) *Lucian. de Deâ Syriâ.*

(7) *Ibid.*

(8) *Ibid.* Métam. l. 1. c. 11.

« tion de Noé et de sa
« famille (1). »

« L'arche s'arrête sur
« les montagnes de l'Ar-
« ménie (2). »

« Noé envoya hors de
« l'arche une colombe...
« Celle-ci n'ayant point
« trouvé de lieu sec où
« elle pût se reposer,
« rentra dans l'arche
« (3). »

« Noé lâcha une co-
« lombe. Elle revint à
« lui sur le soir portant
« dans son bec une bran-
« che d'olivier chargée
« de feuilles toutes ver-
« tes. Ainsi Noé recon-

« *tion de Deucalion et*
« *de sa famille (4).* »

« *Le vaisseau de Xi-*
« *xuthrus s'arrête sur les*
« *montagnes de l'Armé-*
« *nie (5).* »

« *Les oiseaux lâchés*
« *par Xixuthrus,*
« *n'ayant pu se reposer*
« *nulle part, rentrèrent*
« *dans le vaisseau (6).* »

« *On rapporte qu'une*
« *colombe envoyée hors*
« *de l'arche par Deuca-*
« *lion, lui porta à son*
« *retour un objet qui*
« *prouvait que le beau*
« *temps était revenu (7).* »

---

(1) Gen. ch. 7. v. 23.
(2) *Ibid.* ch. 8, v. 4.
(3) *Ibid.* v. 8, 9.
(4) *Lucian. de Deâ Syriâ.*
(5) Bérose et Nicolas de Damas dans Josephe, antiq.
l. 1, c. 4. Alexandre Polyhistor et Bérose dans Georg.
Sync. p. 30 et 31.
(6) Georg. Sync. p. 30.
(7) *Plutarc. libr. terrestria an aquatica animalia plus*
habeant solertiæ.

« nut que les eaux s'é-
« taient retirées de des-
« sus la terre (1). »

« La colombe de Noé « lâchée pour la 3.e fois « ne revint plus (2). »	« *Les oiseaux de Xi-* « *xuthrus, lâchés pour* « *la 3.e fois, ne revin-* « *rent plus* (5). »
« Noé découvre le « toit de l'arche, et voit « que la terre est séchée « (3). »	« *Xixuthrus détache* « *quelques planches de* « *son vaisseau, et s'aper-* « *çoit qu'il est sur une* « *montagne* (6). »
« Noé élève un autel « et offre un sacrifice à « Dieu (4). »	« *Xixuthrus élève un* « *autel, et offre un sacri-* « *fice aux Dieux* (7). »

---

(1) Gen. ch. 8. v. 11.
(2) *Ibid.* v. 12.
(3) *Ibid.* c. 8. v. 13.
(4) *Ibid.* v. 20.
(5) Georg. Syn. p. 30.
(6) *Ibid.*
(7) *Ibid.*

« Les mots Xixuthrus, Ogygés et Deucalion signifient
« dans les langues d'où ils dérivent, ce que le mot Noé
« signifie en Hébreu. » C'est l'opinion de Le Clerc.
(*Hug. Grot. de verit. Rel. Chr. p.* 51, *not.* 3).
Apollodore, Alex. Polyhistor, Lucien, Nicolas de
Damas, Plutarque, se servent du mot Grec *Larnax,*
pour désigner le vaisseau construit par Xixuthrus et par
Deucalion. L'historien Josephe se sert du même mot,
quand il parle de l'arche de Noé. (Cont. App. l. 1.)

Vous parait-il que Voltaire ait eu raison en avançant *si faussement* que « toute l'antiquité avait absolument « ignoré (1) » le déluge universel ?

Le Philosophe.

S'il était question ici d'un auteur *fanatique* et *superstitieux* qui eut soutenu l'assertion *évidemment fausse* que Voltaire avait *le droit d'avancer;* je répondrais que cet auteur est un *imposteur.* Mais lorsqu'il faut juger un philosophe tel que Voltaire, quoique le mensonge soit *aussi clair que le jour,* tout homme qui raisonne, qui est *juste* et qui se pique *d'impartialité,* doit garder un *silence respectueux.*

---

(1) Dieu et les homm. ch. 27. Les *imbécilles* qui voient que le déluge universel a été attesté par des écrivains de tous les pays, concluent de ce témoignage, que le déluge universel ne saurait être une fable. Je réponds que ce n'est pas *puissamment raisonner.*

L'Imposteur.

Voltaire n'a-t-il pas tenu une conduite évidemment répréhensible lorsque pour ébranler la certitude des faits contenus dans les saintes écritures, il a inséré dans ses ouvrages les mensonges suivans :

Il nous dit hardiment dans le Dict. phil. art. Moïse, sect. 1.re : « Si un seul auteur « ancien avait rapporté un seul des mi- « racles de Moïse, *Eusèbe* aurait sans « doute triomphé de ce témoignage, soit « dans son histoire, soit dans sa prépa- « ration évangélique ».

« Il reconnaît à la vérité des auteurs « qui ont cité son nom, mais aucun « qui ait cité ses prodiges. » . . . . . Et Eusèbe invoque dans ses écrits le témoignage de trois auteurs qui rapportent la *plupart* des *prodiges* de Moïse (1).

Il nous dit hardiment dans la Bible enfin expliquée, p. 438, note 1: « Aucun

_____

(1) Euseb. Præp. Ev. l. 9. c. 8, 27, 29.

« des livres juifs ne cite une loi, un
« passage direct du Pentateuque, en
« rappelant les phrases dont l'auteur du
« Pentateuque s'est servi. Il est à croire
« que si *Moïse* avait écrit le Pentateuque,
« ses lois, ses expressions même auraient
« été dans la bouche de tout le monde ;
« on les aurait citées en toute occasion
« etc. etc. » Et les *lois* et les *passages*
du Pentateuque sont cités plus de cent
fois par les écrivains sacrés postérieurs
à Moïse (1).

Il nous dit hardiment dans l'Essai sur
les mœurs, etc. art. de la Religion des
premiers hommes, etc. : « Aucun pro-
« phète ne fait mention du veau d'or ;
« mais ce n'est pas ici le lieu d'éclaircir
« cette grande difficulté. » Et le prophète
David, ainsi que le prophète Ézéchiel,
parlent de l'adoration de ce veau d'or (2).

Il nous dit hardiment dans l'Examen

_____

(1) Jetez les yeux sur une concordance de
la Bible.

(2) Ps. 105. v. 19 et 20. Ezéch. ch. 20.

6

important, ch. 2 , note a : « Le nom de
« *David* fut absolument ignoré des nations
« orientales et occidentales. » Et les annales de Tyr, et Nicolas de Damas, et
d'autres auteurs païens parlent de David (1).

Il nous dit hardiment dans le Dict.
phil. art. Salomon , sect. 1.re : « Il est
« dit au chap. X (du livre de la sagesse)
« qu'*Abraham* voulut immoler *Isaac*
« du temps du déluge. » Et cet anachronisme ne se trouve point dans le
livre de la sagesse (2).

LE PHILOSOPHE.

Je réponds que, bien loin d'être *évi-*
demment répréhensible , la conduite de
Voltaire est *évidemment* digne d'éloge.
Si notre philosophe n'avait pas eu le
bon esprit d'adopter cette sage et *utile*
méthode , la bonne cause n'aurait point
triomphé.

---

(1) Euseb. Præp. Ev. l. 9. c. 3o et 34. Joseph.
ant. l. 7. c. 7. l. 18. c. 3.
(2) C. 10.

L'Imposteur.

Voltaire n'a-t-il point été coupable, lorsqu'il a vomi les calomnies suivantes?

Il accuse les juifs « d'avoir cru cons- « tamment *Dieu* corporel, comme tous « les autres peuples (1). » Et les écrivains païens, même les plus prévenus contre les juifs, les vengent de cette accusation mensongère (2).

Il accuse Moïse d'avoir fait égorger 32 filles madianites (3). Et ces 32 filles madianites furent données au grand prê-tre Éléazar pour être ses esclaves (4).

Il accuse David d'avoir fait assassiner Miphibozeth, fils de Jonathas, son pro-tecteur (5). Et David eut les plus grands égards pour le fils de son protecteur;

---

(1) Dict. phil. art. Genèse, et ailleurs.

(2) Tacite, hist. l. 5. c. 5. Strab. geo. l. 16. Diodore de Sicile, l. 1. Dion Cassius hist. R. l. 37, etc. etc.

(3) Essai sur les mœurs, etc. art. vict. hum. etc.

(4) Nomb. c. 31. v. 40, 41.

(5) Exam. imp. c. 8, etc. etc.

il le fit venir à sa cour, il le fit asseoir
à sa table, le combla de bienfaits (1);
et lorsqu'il fut forcé de sacrifier les des-
cendans de Saül à la vengeance des
Gabaonites, l'Écriture ne manque pas
d'observer que le fils de Jonathas fut
épargné (2).

Il accuse David d'avoir ordonné à
Salomon, son fils, de faire périr Adonias,
son autre fils (3); et les preuves de cette
affreuse calomnie ne se trouvent nulle
part; au contraire l'histoire sainte nous
apprend que la tendresse paternelle de
David allait jusques à la faiblesse, et
qu'elle l'empêchait de punir les crimes
de ses enfans (4).

Il accuse le prophète Ézéchiel d'avoir
présenté une image obscène en disant :
« Je t'ai couverte, et je me suis étendu

---

(1) 2.ᵉ l. des Rois, c. 9. v. 7.

(2) *Ibid.* c. 21. v. 7.

(3) Essai sur les mœurs, etc. art. des Juifs
depuis Saül, etc.

(4) 2.ᵉ l. des Rois, c. 13. v. 21. et c. 14. v. 33.

« sur ton ignominie (1). » Et le prophète avait dit seulement : « j'étendis
« sur toi mon manteau et je couvris ton
« ignominie (2). »

LE PHILOSOPHE.

Je réponds que si les personnages ac-
cusés par Voltaire n'ont pas commis les
crimes que ce philosophe leur reproche,
ils en avaient commis bien d'autres.

L'IMPOSTEUR.

Voltaire a-t-il été de bonne foi, lorsqu'il
a avancé que les apologistes de la religion
corrompaient un passage de Job, pour
y trouver le dogme de l'immortalité de
l'âme (3)? Je vais rapporter le passage
de Job, j'y joindrai la traduction que
Voltaire en donne, vous conclurez.

---

(1) Essai sur les mœurs, art. Proph. Juifs, etc.
(2) Ezéch. c. 16. v. 8.
(3) Hist. de l'établissement du Christianisme,
ch. 2.

Voici ce que Job dit.	Voici ce que Voltaire lui fait dire.
Ch. 19. v. 25. « Je sais « que mon rédempteur « est vivant, et que je « ressusciterai de la terre « au dernier jour. »	Ch. 19. « Je crois que « mon protecteur vit et « que dans quelques « jours je me releverai « de terre. (1) » —— « Je sais que Dieu qui est « vivant aura pitié de « moi, que je me rele- « verai de mon fumier. (2)» — « Je pourrai me « lever de mon fumier « dans quelques jours, « mon protecteur est vi- « vant (3). » « Dieu sera « mon rédempteur, mon « rédempteur est vivant, « je me releverai un jour « de la poussière sur la- « quelle je suis couché « (4). »
V. 26. « Je serai de « nouveau revêtu de	V. 26. « Ma peau « tombée en lambeaux

(1) Hist. de l'établiss. du Christian. c. 2.
(2) Dict. phil. Art. Arabes.
(3) Exam. imp. c. 3, note a.
(4) Dieu et les hommes, ch. 20.

« *ma peau*, et je verrai
« mon Dieu dans ma
« chair (1). »

« se consolidera (2). —
« *Ma peau reviendra,*
« *je reverrai Dieu dans*
« *ma chair* (3). — Je
« *reprendrai ma pre-*
« *mière peau, je le ver-*
« *rai dans ma chair*(4).»
« — J'espère ma gué-
« rison, *ma peau me*
» *reviendra, je reverrai*
« *Dieu dans ma chair*
« (5). »

V. 27. « Je le verrai
« moi-même et non pas
« un autre ; et je le con-
« templerai de mes pro-
« pres yeux. C'est là
« l'espérance qui repose
« dans mon cœur. »

V. 27 (6).

V. 28. « Pourquoi

V. 28. « *Pourquoi*

---

(1) Selon l'Hébreu : « Ensuite je serai couvert de
« *ma peau que vous voyez*, et je verrai mon Dieu dans
« ma chair. »

(2) Hist. de l'établissement du Christianisme, c. 2.

(3) Dict. phil. art. Arabes.

(4) Exam. imp. c. 3, note *a*.

(5) Dieu et les hommes, c. 20.

(6) Voltaire a jugé à propos de retrancher ce verset.
On voit bien pourquoi.

« donc , dites - vous :
« persécutons - le , et
« cherchons un prétexte
« pour le décrier ? »

« donc , dites - vous , à
« présent : persécutons-
« le , cherchons des pa-
« roles contre lui (1)? »
« — Gardez-vous donc
« de me décrier et de
« me persécuter (2). »

V. 29. « Craignez donc
« le glaive, car il y a un
« glaive vengeur des cri-
« mes : sachez qu'il y a
« un jugement. »

V. 29. « Tremblez
« alors, craignez la ven-
« geance de mon épée
« (3). » — « Je serai
« puissant à mon tour ,
« craignez mon épée ,
« craignez que je ne me
« venge , sachez qu'il y
« a une justice (4). »

LE PHILOSOPHE.

Je conclus avec Voltaire « qu'il a fallu
« que des commentateurs ou très-ignorans
« ou aussi fripons que sots, aient tordu
« quelques passages de *Job* qui n'est point
« juif, pour faire accroire à des hommes

---

(1) Dict. phil. art. Arabes.
(2) Exam. imp. c. 3 , note *a*.
(3) Hist. de l'établissement du Christianisme , c. 2.
(4) Dict. phil. art. Arabes.

« plus ignorans qu'eux-mêmes, que *Job*
« avait parlé d'une vie à venir (1). »

L'Imposteur.

Voltaire a menti effrontément lorsqu'il
a dit : « Mais d'âmes . . . d'immortalité,
« de résurrection, il n'en est dit un seul
« mot . . . chez leurs prophètes (2). »
L'immortalité de l'âme est solennellement
proclamée dans le prophète Isaïe (3);
et le prophète Daniel révèle les mystères
de la résurrection, des peines et des
récompenses éternelles (4).

Le Philosophe.

Vous êtes un calomniateur ; et votre
preuve, quoique *démonstrative*, ne mérite
point de réponse, parce qu'elle est dirigée contre un philosophe.

_____

(1) Exam. imp. c. 3, note *a*.
(2) Hist. de l'établiss. du Christian. c. 2.
(3) C. 14. v. 9 et suiv.
(4) C. 12. v. 2.

L'Imposteur.

On trouve dans Voltaire l'assertion suivante: « l'Ecclésiaste dit formellement:
« Dieu fait voir que l'homme est sem-
« blable aux bêtes, leur condition est
« égale ; comme l'homme meurt, la bête
« meurt aussi, les uns et les autres res-
« pirent de même : l'homme n'a rien de
« plus que la bête (1). »

Voltaire n'a pu faire accroire que le matérialisme était enseigné dans l'Ecclésiaste qu'en recourant à la mauvaise foi la plus révoltante. Il ne fait point difficulté de retrancher les versets qui précèdent le passage qu'il cite, et qui sont indispensables pour l'intelligence de ce qui suit. Voici le passage tout entier:
« J'ai vu sous le soleil l'impiété à la place
» de la justice, et l'iniquité à la place
« de l'équité, et j'ai dit en moi-même:
« *Dieu jugera le juste et l'injuste, et*
« *chaque chose aura son temps.* J'ai
« dit en moi - même , au sujet des

_____

(1) Dict. phil. art. Brachmanes.

« enfans des hommes : Dieu a voulu
« *les éprouver en montrant qu'ils étaient*
« *semblables aux bêtes.* C'est pour cela
« que comme l'homme meurt, la bête
« meurt aussi, c'est pour cela que leur
« sort est semblable. Les uns et les autres
« respirent de même, l'homme n'a point
« d'avantage sur la bête. . . (1). » Je
le demande maintenant, n'est-ce pas
une calomnie de soutenir que l'Ecclésiaste enseigne le matérialisme dans les
versets dont se prévaut Voltaire ? Et
comment excuserez-vous de mensonge la
réticence de ce philosophe ?

Le Philosophe.

Par un moyen bien simple. Je répondrai que Voltaire déclara une vérité, et
qu'il en cacha une autre.

L'Imposteur.

Croyez-vous que Voltaire ne se soit point
déshonoré en avançant, pour décréditer

---

(3) Eccl. c. 3. v. 16, 17, 18, 19.

la religion , tantôt que les premiers chrétiens n'étaient composés que de *gueux*
et de *la canaille* (1) , tantôt que les
premiers chrétiens étaient instruits (2);
dans un endroit, qu'ils avaient été coupables des plus grands crimes (3) ; dans
un autre , que pendant 200 ans ils avaient
ressemblé aux Esséniens « menant une
« vie cachée et paisible (4). » Lorsque
Voltaire soutenait que les premiers chrétiens étaient *des gueux* et de *la canaille*,
on voit évidemment quel était son motif
et son but. Quand il prétendait que les
premiers chrétiens étaient instruits, il
était aussi intéressé à faire cet aveu.
Voulait-il les vouer à l'indignation ? Il
assurait qu'ils avaient été des monstres
qui s'étaient avili par des infamies dont
l'idée seule révolte. Avait-il le dessein
de faire regarder comme contraire à la

---

(1) Exam. imp. c. 13, etc. etc.
(2) Dict. phil. Art. Hermés.
(3) Dict. phil. Art.s Baiser, Initiation, etc.
(4) Dict. phil. Art. Esséniens.

société, par sa perfection, la morale évangélique, il comparait aux Ésséniens, les premiers disciples du Christianisme. Un pareil procédé n'est-il pas une preuve évidente de la mauvaise foi de Voltaire?

Le Philosophe.

Non sans doute. Ce procédé prouve seulement *l'intarissable fécondité* de notre philosophe qui profitait si habilement *des contraires.*

L'Imposteur.

Voltaire nous dit dans la bible enfin expliquée (nouveau testament, p. 292): « C'est une chose très-remarquable et « aujourd'hui reconnue pour incontes- « table, malgré toutes les faussetés al- « léguées par Abbadie, qu'aucun des « premiers docteurs chrétiens, nommés « Pères de l'Église, n'a cité le plus petit « passage de nos quatre évangiles cano- « niques, etc. etc. (1). » Il ne manque à

_____

(1) Cette assertion, Voltaire la répète dans presque tous ses ouvrages.

cette observation qu'une seule chose , c'est-à-dire, l'exactitude et la vérité. Il est évidemment faux que les premiers Pères de l'Église n'aient jamais cité *le plus petit passage de nos quatre évangiles canoniques*, puisque S.t Barnabé, S.t Clément, S.t Ignace et S.t Polycarpe qui étaient des premiers Pères de l'Église, citent *plusieurs passages de nos évangiles canoniques* (1).

LE PHILOSOPHE.

Je conviens qu'il est faux que les 1.ers Pères de l'Église n'aient *point cité des passages des évangiles canoniques* ; mais les hommes les moins clairvoyans doivent s'apercevoir que Voltaire avait un but *très-philosophique* en avançant cette assertion *notoirement mensongère*. Il voulait jeter quelques nuages sur l'authenticité des évangiles. On voit bien que

---

(1) Voyez l'épître de St. Barnabé, les épîtres de St. Clément, l'épître de St. Ignace aux Éphésiens, l'épître de St. Polycarpe.

Voltaire n'oubliait jamais de servir la bonne cause par tous les moyens que son zèle lui inspirait.

L'Imposteur.

Ne vous semble-t-il pas que Voltaire s'avilit, lorsqu'il ne rougit point de dire dans les questions de Zapata (1) : « Êtes-« vous de l'avis de St Ambroise qui dit que « l'ange fit à Marie un enfant par l'oreille? »

Le Philosophe.

Cette petite anecdote, quoique *certainement fausse*, devait produire son effet. On n'a pas oublié que Voltaire « écrivait pour l'édification des jeunes « Welches : » or, « les jeunes Welches » aiment à rire.

L'Imposteur.

« Il faut avouer, » dit Voltaire dans le dict. phil. art. péché originel, « que « nous ne connaissons point de Père

----

(1) N.° 50.

« de l'Église jusqu'à S.ᵗ *Augustin* et à
« S.ᵗ *Jérome*, qui ait enseigné la doctrine
« du péché originel. » Et il faut avouer
que long-temps avant S.ᵗ Augustin et
S.ᵗ Jérome, S.ᵗ Justin, S.ᵗ Irénée, Ter-
tulien, S.ᵗ Cyprien et plusieurs autres
Pères, avaient *enseigné la doctrine du
péché originel* (1). Voltaire continue et
nous annonce *dogmatiquement que le
grand Origène* (2) n'a pas admis le péché originel comme nous l'enseignons,

---

(1) *Sancti Justini dialog. cum Tryph; Sancti.
Iren. l. 4. adv. hæreses*, c. 5. *l.* 5. *c.* 17 ; *Tertul.
l. de testimonio animæ*, c. 3 ; *Sancti Cypriani
Epist. ad Fidum*, etc. etc.

(2) Voltaire donne ici à Origène le nom de
Grand. L'intérêt de sa cause exigeait alors qu'il
présentât Origène sous un *jour très-favorable*.
Dans un autre ouvrage, il appelle Origène *Fou*.
(Exam. imp. c. 24). Il voulait alors *vilipender
tous les Pères de l'Église*.

Au reste, j'avertis le lecteur que Voltaire, quand
il blâmait, ou qu'il louait quelque personne ou
quelque chose qui avait rapport à la Religion,
il avait toujours *une arrière pensée*. On devine
aisément pour *quel objet* était cette *arrière pensée*.

et cependant la saine doctrine sur le péché originel est proclamée plusieurs fois dans les écrits d'Origène (1).

LE PHILOSOPHE.

Voltaire *peut-être* n'avait pas *bien médité* sur les assertions *évidemment fausses* que vous lui reprochez.

L'IMPOSTEUR.

Voltaire, voulant donner un démenti formel à l'auteur des actes des Apôtres, soutient qu'il n'y avait pas dans la milice romaine « de tribuns de cohorte ; » c'est, ajoute-t-il, « comme si on disait parmi « nous, colonel d'une compagnie ; (2) » cependant César (3) et Pline le jeune (4) nous assurent qu'il y avait des *tribuns de cohorte* dans la milice romaine. Vol-

(1) Voy. les Hom. de ce Père sur le Lévitique, et son Comment. sur l'Épître aux Romains, ch. 5.

(2) Dict. phil. art. Économie de paroles, note *b.*

(3) De la guerre civile, l. 1, c. 20.

(4) Ep. 9, l. 3.

taire nous dit encore au sujet de saint
Paul. « Paul dit qu'il était citoyen ro-
« main. J'ose affirmer qu'il ment impu-
« demment ; aucun juif ne fut citoyen
« romain que sous les Décius et les Phi-
« lippes (1). » Cependant il est prouvé
qu'il y eut des juifs *citoyens romains*
sous Jules César (2), c'est-à-dire, environ quelques 3oo ans avant les *Décius*
et les *Philippes*.

Le Philosophe.

Selon toutes les apparences, Voltaire
ne *connaissait pas* les autorités dont
vous parlez.

L'Imposteur.

Les philosophes ne doivent-ils pas
rougir que leur coryphée se soit permis
d'avancer « qu'aucun auteur romain ne
« parle de Jésus (3), » lorsque tous les

---

(1) Exam. imp. c. 11 et ailleurs.
(2) Rép. crit. de Bullet, t. 1, p. 5o5 et suiv.
(3) Dieu et les hommes, ch. 32.

écoliers qui ont expliqué Tacite, *auteur romain*, savent que cet historien parle du sauveur (1)?

Le Philosophe.

Bien loin de rougir de la conduite de leur coryphée, les philosophes au contraire y applaudissent *tout bas*, parce qu'ils connaissent le motif qui dirigeait Voltaire.

L'Imposteur.

Voltaire voulait absolument faire accroire que la divinité de J. C. n'était point enseignée dans les évangiles. Mais comme il avançait un *mensonge criant*, il n'a pas toujours eu l'impudence de le présenter dans toute son étendue. Tantôt il dit que « si l'on s'en rapporte aux « évangiles, Jésus était plus éloigné de « cette étrange présomption (de se dire « Dieu) que la terre l'est du ciel. (2) »

_____

(1) Ann. l. 15.
(2) Prof. de foi des Théistes, art. de la doctrine des Théistes.

Tantôt il accorde qu'il est parlé plusieurs fois de la divinité de J. C. dans l'évangile de S.ᵗ Jean ; mais il observe que cet évangile a été *évidemment falsifié* (1) : ailleurs il pousse la condescendance jusqu'à convenir que « dans les évangiles « grecs, on fait Jésus presque participant « de la divinité (2). »

N'est-il pas évident qu'un écrivain qui tient une pareille conduite doit être voué au mépris et à l'indignation ?

LE PHILOSOPHE.

Vous êtes un *fripon*, un *imposteur*, un *misérable*, un *calomniateur*, etc. Voltaire a toujours des droits *sacrés et incontestables à l'estime et à la confiance*, lors même qu'il dit visiblement *la chose qui n'est point*. Je dis : *la chose qui n'est point* ; car Voltaire ne ment jamais.

―――――――――

(1) Dieu et les hommes, c. 32.

(2) Dieu et les hommes, c. 31.

CHAPITRE III.

Des Prétendues *Contradictions de Voltaire.*

Des *misérables* ont poussé la *scéléra-ratesse* jusqu'à *prétendre* que Voltaire était tombé dans *de nombreuses contradictions.* Ils ont été encore plus loin ; ils sont parvenus à donner *quelque vraisemblance à leurs calomnies.* Mais les hommes instruits et sincères seront *pleinement convaincus* que les *preuves* de ces *misérables* ne sont que des *sophismes*, lorsqu'ils auront lu les questions que ces derniers osent nous adresser avec une impudeur qui doit nécessairement *scandaliser* toute âme *philosophique.*

§. I.

Voltaire a-t-il pu accuser les Juifs, tantôt d'avoir ignoré *le dogme de la création* (1), et tantôt de l'avoir emprunté

---

(1) Dict. phil. art. Genèse et ailleurs.

des *anciens* Mages (1)? Répliquerez-vous
pour vous tirer d'affaire , que les Juifs
avaient la *mémoire un peu ingrate* , et
qu'ils *oublièrent le dogme* de la création
qu'ils avaient *puisé* chez les Perses?

§. I I.

Comment conciliez-vous les assertions
suivantes contradictoires *en apparence?*

« Pourquoi ce prodi-
« gieux évènement qui
« réduisait la terre en-
« tière à une seule fa-
« mille ? A-t-il été ab-
« solument ignoré dans
« *toute l'antiquité?* (2) »

« Nulle nation n'a ja-
« mais admis *un déluge*
« *universel* , jusqu'aux
« métamorphoses d'O-
« vide (3). »

« L'antiquité croyait
« *le déluge* (4). »

« *Cependant l'antiquité*
« *croyait le déluge , et*
« *la magnifique descrip-*
« *tion qu'en fait* Ovide ,
« *est une preuve que cette*
« *idée était bien géné-*
« *rale ; car , de tous*

---

(1) Dieu et les hommes , ch. 19.
(2) *Ibid* c. 27.
(3) Dict. phil. Iguorance. I.re Ignorance, sect. I.re
(4) Déf. de mon oncle , 2.e diatribe.

« les récits qu'on trouve
« dans les métamorpho-
« ses d'Ovide, il n'en
« est aucun qui soit de
« son invention (3). »

« Dans *Ovide*, le dé-
« luge ne *s'étend* qu'à la
« Méditerranée (1). »

« *Ovide* célébra une
« inondation universelle
« dans son livre char-
« mant des métamor-
« phoses (4). »

« Une autre difficulté,
« c'est que *Sanchonia-*
« *thon* ne parle point du
« déluge (2). »

« *Vous* me direz qu'il
« est bien étrange que
« Sanchoniathon n'ait
« point parlé de cette
« aventure (*du déluge*).
« Je vous répondrai que
« nous ne pouvons pas
« décider s'il l'inséra ou
« non dans son histoire ;
« vu qu'Eusèbe, qui n'a
« rapporté que quelques
« fragmens de cet ancien
« historien, n'avait au-
« cun intérêt à rapporter

---

(1) Dict. phil. Art. Ignorance, I.re Ignor. sect. I.re
(2) Dict. phil. Art. Annales.
(3) Défense de mon oncle, 2.e diatribe.
(4) Dieu et les hommes, c. 27.

« Le déluge dont parle « Bérose *ne s'étendit que* « *vers le Pont - Euxin* « (1). »

« *l'histoire du vaisseau* « *et des pigeons* (2). »

« *Il disait donc ce* « *Bérose , qu'un Dieu* « *Chaldéen , dont on a* « *fait depuis* Saturne , « *apparut à* Xissuter , « *et lui dit :* le quinze « *du mois Dœsi,* le genre « humain *sera détruit* « *par le déluge* (3). »

Répondrez-vous que Voltaire pouvait impunément , et sans que cela tirât à conséquence, dire *oui* et *non* sur le même article?

§. III.

Dans l'examen important , c. 2 , l'existence de Moïse est *fabuleuse ;* dans le dict. phil. Art. Moïse, sect. 2 , note *c* ,

---

(1) Dict. phil. Art. Ignor. I.re Ignor. sect. I.re

(2) *Ibid.* Art. Samothrace.

(3) Dieu et les hommes , ch. 27. Voltaire *avait ses raisons* pour faire cet aveu. Il voulait insinuer que « L'His-« toire de *Noé* était la copie de la *fable* de Xissuter. » Tous les hommes instruits savent que c'était par ironie que Voltaire appelait *Histoire* le récit de la Genèse , et *fable* , le récit de Bérose.

elle est *problématique;* dans le même dict.
au même art. , mais à la 3.ᵉ sect. elle est
incontestable (1). Direz-vous que la vie
des hommes est soumise *naturellement* à
ces trois degrés de comparaisons?

§. I V.

Voltaire nous annonce dans ses questions sur les miracles , 2.ᵉ lettre: « que

---

(1) Les ennemis de Voltaire prétendent que
ce philosophe avait raison , lorsqu'il disait que
l'existence de Moïse était *incontestable.* Ils prouvent que l'existence de ce Législateur est attestée
par des écrivains profanes de tous les pays, tels
que : Manéthon , Chérémon, Lysimaque, Apol-
lonius Molon , Appion (voyez Josephe dans sa
réponse à Appion), Nicolas de Damas (Joseph.
Antiq. l. 1. ch. 4.) , Polémon , Ptolomée de
Mendés , Hellanicus , Philochore , Castor ,
Thallus, Alexand Polyhistor (Just. Exhort. aux
Grecs, n.º 9), Ezéchiel (Clem. Alex. Strom.
l. 1. n.º 23), Démétrius , Eupolème , Artapan
(Eusèb. Præp. Evang. i. 9. ch. 21, 26 , 27),
Diodore de Sicile (l. 1), Strabon Geog. l. 16,
Pline (Hist. n. l. 30. c. 1), Tacite (Hist. l. 5),
Justin (Hist. l. 36. c. 2) , etc. etc.

« *Flavien* Josephe, en citant les auteurs
« Égyptiens qui ont parlé de sa nation,
« n'en cite aucun qui *ait dit un seul mot*
« *de Moïse;* » et dans le dictionn. phil.
art. Bacchus, il affirme : « que *Josephe*
« dans sa réponse à *Appion*, se fait un
« devoir de citer tous les auteurs d'Égypte
« qui ont fait mention de *Moïse* (1). »
Excuserez-vous Voltaire, en disant que
ces deux assertions contradictoires ne
sont pas avancées dans le même ouvrage?

§. V.

Voltaire forme le dessein de faire révoquer en doute l'authenticité du Pentateuque, et il soutient que « du temps de *Moïse*,
« on ne pouvait graver que d'une manière
« très - abrégée et en hiéroglyphes, la
« substance des choses qu'on voulait trans-
« mettre à la postérité, et non pas des

---

(1) On trouve à la note 1 de la page précédente, les noms des auteurs Égyptiens qui parlent
de Moïse, et que Josephe cite dans sa réponse
à Appion.

« histoires détaillées (1). » Ailleurs il veut absolument que plus *de 800 ans avant Moïse,* « on eût des livres écrits « avec le secours de l'alphabet (2). » Direz - vous que l'écriture alphabétique, connue, suivant Voltaire, *800 ans avant Moïse,* avait *disparu tout juste à l'époque de ce Législateur,* pour *reparaître après sa mort ?*

§. V I.

Croyez-vous que Voltaire ait pu dire sans se contredire, tantôt que les livres de *Thaut* avaient été écrits avec le *secours de l'alphabet* (3) , et tantôt qu'il était incertain si du temps de *Thaut,* on écrivait en *hiéroglyphes* ou en caractères *alpha-*

---

(1) Essai sur la tolérance, p. 125, 126, note *n.*

(2) Déf. de mon oncle, 2.e diatribe. On sera convaincu que l'écriture alphabétique était connue du temps de Moïse, en lisant les mémoires de l'Académie des Inscriptions, t. 5 ; l'Origine des lois , t. 1. l.re part. l. 2. c. 6 ; et le t. 4. 2.e part. l. 2. ch. 6 ; L'Égypte ancienne, c. 9 ; L'Origine du Langage et de l'Écriture , p. 423.

(3) Déf. de mon oncle, 2.e diatribe.

bétiques (1) ; tantôt que « Sanchoniathon
« *était évidemment antérieur au temps*
« *où l'on place Moïse* (2) ; » tantôt
que cet historien Phénicien vivait « à
« peu près vers les dernières années de
« Moïse (3)? »

§. V I I.

Voltaire assure, dans l'examen important, ch. 4. « que les Juifs ne surent
« lire et écrire que *pendant leur capti-*
« *vité ;* » et dans le même ouvrage, mais
au ch. 2, il convient que « les Juifs
« commencèrent à avoir quelques con-
« naissances des lettres *sous les Rois.* »
Répondrez-vous, comme il a été dit plus
haut, que ces pauvres Juifs avaient une
si *triste mémoire*, qu'ils oubliaient *in-*
continent ce qu'ils avaient appris avec
beaucoup de peine; et qu'ainsi s'étant
couché *un peu littérateurs* , un beau

---

(1) Dict. phil. Art. Annales.
(2) Dieu et les hommes, ch. 9.
(3) Défense de mon oncle , 2.ᵉ diatribe.

matin ils se réveillèrent sans *savoir ni lire, ni écrire?*

§. VIII.

Voltaire, dans le dictionnaire philosophique, art. Abraham, sect. 2., décide *infailliblement* qu'Abraham ne pouvait pas entendre la langue de Sichem, c'est-à-dire, la langue Phénicienne, parce que, disait-il, cette langue devait être fort différente de la langue Chaldéenne (1). Dans un Chrétien contre six Juifs, niaiserie 24.º, il décide aussi *infailliblement* « que le *Chaldéen*, le *Syrien* « et le *Phénicien* n'étaient que des *diffé-* « *rens dialectes de la même langue* (2). » Répondrez - vous que ces deux décisions sont *parfaitement semblables*, et *qu'elles sont confirmées l'une par l'autre?*

_____

(1) Voltaire, en donnant cette décision, voulait jeter quelques doutes sur la certitude du voyage d'Abraham dont parle la Genèse.

(2) Voltaire avait besoin de cette décision pour se tirer d'un mauvais pas. On s'était *un peu moqué* de lui, parce qu'il avait *prononcé* qu'un même *mot* était *tout à la fois Phénicien, Chaldéen, etc.*

§. I X.

Voltaire rapporte dans la défense de mon oncle, 2.ᵉ diatribe, « que Sancho-« niathon ne parle point expressément « de *Dieu* dans sa Cosmogonie . . . . « et qu'il pousse la hardiesse de son « système jusqu'à dire que des animaux « qui n'avaient point de sens engen-« drèrent des animaux intelligens. » Dans l'essai sur les mœurs etc., art. des Phéni-ciens, Voltaire change un peu d'opinion et soutient que, suivant Sanchoniathon, « la matière fut arrangée par l'esprit de « Dieu, par le vent de Dieu, par la voix « de la bouche de Dieu; et qu'à la « voix de *Dieu*, naquirent les animaux « et les hommes. » Direz-vous, pour justifier Voltaire, que ce grand philo-sophe ne contredisait pas sa première assertion *sans motif* (1) ?

_____

(1) Voltaire voulait insinuer par cette assertion, que la Cosmogonie Hébraïque était une copie de la Cosmogonie Phénicienne.

§. X.

Vous semble-t-il qu'il n'y a point de différence entre prétendre : « que si on « voulait se donner la peine de com- « parer tous les événemens de la fable « et de l'ancienne histoire Grecque, on « serait étonné de ne pas trouver une « seule page des livres Juifs, qui ne fût « un plagiat (1) » ; et soutenir : « qu'il « est aisé de ruiner tous ces systèmes » (qui tendent à établir que les Juifs ont copié les Grecs) « en montrant seulement « que les auteurs Grecs, excepté *Homère*, « sont postérieurs à *Esdras* qui rassem- « bla et restaura les livres canoniques ; « que, dès que ces livres sont restaurés « du temps de *Cyrus* et d'*Artaxerxès*, « ils ont précédé *Hérodote*, le premier « historien des Grecs ; que non-seulement « ils sont antérieurs à *Hérodote*, mais « que le Pentateuque est beaucoup plus « ancien qu'*Homère* (2) ?

---

(1) Dieu et les hommes, ch. 28.
(2) Déf. de mon oncle, 4.e diatribe.

§. XI.

Que pensez-vous de *l'admirable fécon-dité* de Voltaire qui, voulant nous désigner *d'une manière sûre* l'auteur du Pentateuque, nous dit dans la Bible enfin expliquée, page 417, note *f:* « que ce « fut *un prêtre hébreu* envoyé aux nou-« veaux habitans de Samarie, qui com-« posa le Pentateuque ; » soupçonne dans le même ouvrage, mais à la page 176, note *k*, « que ce livre fut écrit par *Sa-muel;* » affirme dans Dieu et les hommes, ch. 19, « que le grand-prêtre *Helcias* « compila le Pentateuque ; » assure dans l'homélie sur l'interprétation de l'ancien Testament, p. 152, « que le Pentateuque « fut fait par le scribe *Saphan;*» conjecture dans l'examen important, ch. 4, « que « *Esdras* forgea tous ces contes de ton-« neau, c'est-à-dire, le Pentateuque (1); »

---

(1) Voltaire avait raison de qualifier ainsi le Pentateuque, quoique ce livre eût été fort loué par Bacon, Pithou, D'Aguesseau, Montesquieu, Michaëlis, et en général par les Savans anciens et modernes.

et avance dans le même ouvrage et au même chapitre, « que *Jérémie* (1) put « contribuer beaucoup à la composition « de ce roman ? » Excuserez-vous Voltaire en répondant que ce grand homme était *fermement persuadé que la variété plaît?*

§. X I I.

Nous supplions très-humblement les *admirateurs* de Voltaire de nous donner une *réponse claire, nette et démonstrative* qui fasse disparaître *totalement l'apparence de contradiction* qui *semble* se trouver dans les *vérités* suivantes, révélées dans les ouvrages immortels du *grand philosophe.*

Voltaire dans le Dict. phil. Art. Asmodée et ailleurs.	Voltaire dans Dieu et les hommes, ch. 17.
« *Aucun homme versé* « *dans l'antiquité* n'igno- « re que les Juifs ne « connurent les Anges	« *Les Juifs emprunte-* « *rent les Anges des* « *Persans* du temps des « *Rois.* »

(1) Voyez la page 22 de cet ouvrage.

« que par les Persans et
« les Chaldéens *pendant*
« *la captivité.* »

Voltaire dans le Dict. phil. Art. Ange, sect. 1.re *et ailleurs.*	Voltaire dans la Bible enfin expliquée, pag. 435, note *f.*
Les noms des Anges « *Raphaël*, *Gabriel*, « *Uriel*, etc., sont *Per-* « *sans et Babyloniens.*»	« *Les Anges des Per-* « *ses avaient des noms* « *tout différens* (de Ra- « phaël ,! *de* Gabriel , « *d'*Uriel) : Ma, Kur, «.Debadur, Bahman, » *etc. etc.*
Voltaire dans l'Essai sur les mœurs, etc. Art. des Anges et ailleurs.	Voltaire dans l'Essai sur les mœurs, etc. c. 5 et ailleurs.
« Quel homme un « peu versé dans l'anti- « quité ne sait que ce « mot *Sathan était Chal-* « *déen.* »	« *Le mot Sathan* est «.Persan.»

§. X I I I.

Voltaire veut indiquer l'époque à laquelle les Juifs commencèrent à connaître les mauvais Anges. Ce philosophe
conséquent remplit cette tâche avec sa

fécondité ordinaire. Il nous donne sur cet article sept opinions différentes.

Première Opinion. « Jamais les Juifs, « jusqu'alors (jusqu'à Tobie) *n'avaient* « *entendu parler* d'aucun Diable, ni d'au- « cun Démon » (Bible enfin expliquée, p. 434. note *e.*) D'après cette décision, les Juifs savaient qu'il y avait des Diables environ... 700 ans avant Jésus-Christ.

Deuxième Opinion. « Les mauvais An- ges *ne leur furent connus* (aux Juifs) « *que dans la captivité à Babylone ;* » (dict. phil. art. ange, sect. 2.) c'est-à- dire environ . . . . . 600 ans avant J. C.

Troisième Opinion. « Les Juifs ne « *reconnurent point* de Diables *jusques* « *vers le temps de leur captivité* à. Ba- « bylone. » (Essai sur les mœurs etc.; art. des Anges , etc.

Quatrième Opinion. « Les Juifs ne « *connurent* des Diables *qu'après leur* « *captivité à Babylone.* » (Dieu et les hommes, ch. 21).

Cinquième Opinion. « Le Diable fut
« enfin admis chez les Juifs dans le temps
« de l'établissement du Sanhédrin par
« le grand Pompée. » (Bible enfin expliquée, p. 20. note *e*.) environ . . .
. . . . 65 ans avant J. C.

Sixième Opinion. « Les Pharisiens les
« reçurent (les Diables) *un peu avant*
« *le règne d'Hérode.* » (Essai sur les
mœurs, etc. art. des Préjugés, etc.)
environ. . . . . . . 40 ans avant J. C.

Septième Opinion. « La chute des
« Anges *ne fut connue* des Juifs que du
« temps d'Auguste et de Tibère, » (Bible
enfin expliquée, pag. 26, note *n*),
c'est-à-dire du temps de J. C.

De ces sept *Opinions différentes*, quelle
est celle qu'il faut suivre ? Sont - elles
certaines et fondées toutes les sept ?

§. XIV.

Voltaire n'est pas moins *fécond*, lorsqu'il veut désigner le peuple duquel il
prétend que les Juifs ont emprunté la

connaissance des Diables. Tantôt il assure que les Juifs copièrent les Chaldéens (1); tantôt ce sont les Persans qui ont été copiés (2); ici ce sont les Indiens (3); là ce sont les Grecs (4); ailleurs ce sont les Égyptiens (5). Les *imbécilles* ne savent à quel peuple ils doivent donner la préférence. Direz-vous qu'ils ne doivent point la donner *à aucun*?

§. X V.

Les *imbécilles* ne comprennent pas comment il est possible que les Juifs aient puisé, comme le dit Voltaire, chez les *Grecs* et chez les *Égyptiens* la connaissance des Diables (6), puisque ce philosophe prétend que les *Grecs* et les

(1) Dict. phil. Art. Ange, sect. 2. et ailleurs.

(2) *Ibid.*

(3) *Ibid.* sect. I.re

(4) Essai sur les mœurs, etc. Art. des Préjugés, etc.

(5) Dict. phil. Art. Beker.

(6) Consultez les ouvrages cités aux deux notes précédentes.

Égyptiens n'en reconnaissaient point (1).
Vous répondrez sans doute que ces *imbécilles sont évidemment des pauvres
d'esprit.*

§. X V I.

Voltaire prétend, dans une foule d'endroits, que les Juifs *étaient une horde
d'Arabes* (2). Il assure, dans d'autres endroits, que *les Arabes croyaient l'immortalité de l'âme* (3); et cependant il accuse
les Juifs d'avoir ignoré ce dogme (4).
Comment cela a-t-il pu arriver ?

§. X V I I.

Voltaire soutient dans le dict. phil.,
art. Enfer, « que la créance d'un enfer
« était *universelle* en Égypte, en Chal-
« dée, en Perse. » Voltaire avait alors

---

(1) Dict. phil. Art. Ange, sect. 2.
(2) Dict. phil. Art. Abraham, sect. 2. Exam.
imp. ch. 5, etc. etc.
(3) Essai sur les mœurs, etc. Art. des Législateurs Grecs, etc. etc.
(4) Voyez presque tous les ouvrages philoso-
phiques de Voltaire.

le projet de faire accroire que les Juifs ignoraient le dogme de l'immortalité de l'âme (1), et il voulait que l'on fût persuadé que *toutes les grandes Nations* avaient connu ce dogme. Dans la Défense de mon oncle, ch. 17, où il avait un autre projet (2), il dit nettement « que « cette opinion (de l'immortalité de « l'âme) était reçue chez les Chaldéens, « chez les Persans, chez les Égyptiens, « c'est-à-dire, *chez les philosophes* de « ces Nations. »

Ailleurs Voltaire, ayant oublié qu'il avait enseigné que l'existence d'une autre

---

(1) Les apologistes de la Religion, disent avec raison les *imbécilles* et les *fanatiques*, prouvent jusques à l'évidence, que les Juifs ont dans tous les temps connu le dogme d'une vie future. Si on a quelque temps à perdre, on peut lire les écrits de Bergier, de Guénée, etc., et quelques autres *libelles* de *cette force*, qui établissent ce fait *démonstrativement*.

(2) Voltaire voulait alors blâmer Warburton d'avoir soutenu que l'immortalité de l'âme avait été reçue par les Nations les plus savantes et les plus sages de l'antiquité.

vie avait été crue par les *philosophes Chal-déens, Persans, Égyptiens,* affirme « que « *la vaine philosophie* des hommes a tou-« jours douté des peines et des récompen-« ses après la mort (1). » N'est-il pas vrai qu'il faut être soumis à la philosophie *d'esprit* et *de cœur,* pour ne pas soup-çonner que ces *vérités* de Voltaire sont *un peu contradictoires ?*

§. X V I I I.

Que pensez-vous des deux propo-sitions suivantes : « Les Perses, les Arabes, « les Syriens, les Indiens, les Égyptiens, « les Grecs croyaient l'immortalité de « l'âme (2). » — « Tu ne peux croire « que tu as une âme que *par la foi* (3). » Les Perses, les Arabes, les Syriens, les Indiens, les Égyptiens, les Grecs, avaient-ils *la foi ?*

_____

(1) Dict. phil. Art. Ame, sect. 6.

(2) Essai sur les mœurs, etc. Art. des Législa-teurs Grecs, etc.

(3) Dict. phil. Art. Ame, sect. 11.

§. X I X.

Voltaire réprimande en ces termes l'auteur du Pentateuque : « On serait « en droit de dire au rédacteur du Pen- « tateuque : vous êtes un homme incon- « séquent et sans probité , comme sans « raison , très-indigne du nom de Légis- « lateur que vous vous arrogez. Quoi ! « vous connaissez un dogme aussi ré- « primant , aussi nécessaire au peuple « que celui de l'enfer , et vous ne l'an- « noncez pas expressément ?... Ou vous « êtes un ignorant qui ne savez pas que « cette créance était universelle en É- « gypte , en Chaldée, en Perse ; ou vous « êtes un homme très-mal avisé , si , « étant instruit de ce dogme , vous n'en « avez pas fait la base de votre Reli- « gion (1). » — Voltaire n'est pas tout- à-fait aussi sévère envers les Législateurs Chinois. Il convient qu'ils n'ont pas parlé dans leurs lois *des peines et des récom-*

---

(1) Dict. phil. Art. Enfer.

penses après le mort, il les loue même
de ce silence. « Ils n'ont pas voulu, »
dit-il, « affirmer ce qu'ils ne savaient
« pas.... Ils se contentèrent d'exhorter
« les hommes à révérer le ciel et à être
« justes. Ils crurent qu'une police exacte
« et toujours exercée, ferait plus d'effet
« que des opinions qui peuvent être
« combattues; et qu'on craindrait plus
« la loi toujours présente, qu'une loi
« à venir (1). » Pourquoi donc blâmer
Moïse? Ce Législateur n'a-t-il pas établi
une police exacte et sévère? Voltaire et
ses adorateurs l'accusent d'avoir poussé
la sévérité jusqu'à la barbarie (2). Répondrez-vous qu'il est incontestable que
ce qui était *permis* aux Chinois, était
évidemment un crime pour les Juifs?

§. X X.

Comment Voltaire peut-il blâmer Moïse

---

(1) Essai sur les mœurs, etc. Art.s De la Chine,
De l'Inde.

(2) *Ibid.* Art. De Moïse considéré simplement
comme chef d'une Nation.

de n'avoir point parlé de l'immortalité de l'âme , lui qui assure « que c'est *une* « *hardiesse , une folle témérité* d'affir- « mer ce que c'est que l'âme , et de dis- « puter si cette âme, dont nous n'avons « pas la moindre idée , est périssable ou « immortelle (1)? » Direz - vous qu'il *est très-juste de condamner* Moïse, parce qu'il n'a pas été *hardi et follement téméraire?*

§. X X I.

Les *fripons* observent que Voltaire es- « time, » dans le dict. phil., art. Enfers, « que la descente de J. C. aux enfers « est prise originairement de l'Évangile « de Nicodème, l'un des plus anciens, » et qu'il soutient, dans l'examen important, ch. 10 , « qu'*Athanase* , environ 350 « ans après J. C., imagina le premier « ce voyage de Jésus aux enfers (2). » Ils croient que se tromper de près de

(1) Dict. phil. Art. Ame , sect. I.re
(2) Les *ignorans* découvrent la descente de J. C. aux enfers dans S.t Paul, épître aux Éphé- siens , ch. 4. v. 9.

trois siècles, c'est tomber dans un anachronisme *passablement considérable.*
Ils trouvent un autre anachronisme, mais
moins considérable à la vérité, dans ces
assertions : « *S.t Justin est le premier*
« *auteur accrédité*, qui ait parlé du
« voyage de *S.t Pierre* à Rome (1). »
« *Lactance* qui écrivait du temps de
« *Constantin*, *est le premier auteur*
« *avéré*, qui ait dit que S.t Pierre alla
« à Rome, etc. (2). » S.t Justin est
antérieur à Lactance d'environ deux
siècles. Répondrez-vous avec Voltaire
que 2 ou 300 ans ne sont rien dans
l'étendue des siècles (3)?

§. X X I I.

« La Religion chrétienne, » nous dit
Voltaire, « est fondée sur la chute des
« Anges. Ceux qui se révoltèrent furent
« précipités des sphères qu'ils habitaient,

---

(1) Dict. phil. Art. Apôtres.
(2) *Ibid.* Art. Voyage de S.t Pierre à Rome.
(3) Défense de mon oncle, ch. 11.

« dans l'enfer au centre de la terre, et
« devinrent Diables. Un Diable tenta
« *Éve*, sous la figure d'un serpent, et
« damna le genre humain. *Jésus* vint
« racheter le genre humain, et triompher
« du Diable qui nous tente encore.
« Cependant cette tradition fondamen-
« tale *ne se trouve que dans le livre*
« *apocryphe d'Énoch.* » (Cette assertion
est consignée dans le dict. phil., art.
Ange, sect 3.). Dans le même dictionnaire, au même article, mais à la première section, Voltaire assure qu'*il n'est*
pas parlé de la chute des Anges dans
le livre d'Énoch (1). Direz-vous que
cette tradition fondamentale de la chute
des Anges *se trouvait* et ne *se trouvait*
pas dans le livre d'Énoch ?

§. XXIII.

Les *imbécilles* sont un peu embarrassés
pour décider dans quel livre on a proclamé

---

(1) Les *Misérables prouvent* que cette contradiction *apparente* se trouve aussi dans l'Essai sur
les mœurs, etc. Art. des Anges, etc., et ch. 9.

la chute des Anges. Après avoir lu les
ouvrages *érudits* de Voltaire, ils ont le
malheur de n'être pas encore *instruits*
sur cet article. Voltaire, nous disent-
ils, assure, il est vrai, dans le diction.
phil., art. Ange, sect. 3, que la chute
des Anges *ne se trouve que dans le*
livre apocryphe d'Énoch. Mais, dans
Dieu et les hommes, ch. 5, il prétend
« que *ce n'est que dans quatre lignes*
« *attribuées à Simon Barjone,* qu'on
« trouve quelque faible idée de la chute
« des Anges ; » et dans l'homélie sur
l'interprétation de l'ancien Testament, il
soutient « que nous ne connaissons l'his-
« toire de la chute des mauvais Anges,
« *que par ce peu de mots de l'Épitre de*
« *S.ᵗ Jude,* etc. (1). » De ces trois décisions différentes, quelle est celle que doivent adopter *ces pauvres imbécilles ?*

---

(1) La chute des Anges est *clairement énoncée*
dans la seconde épître de S.ᵗ Pierre, c. 2. v. 4 ;
dans l'épître de S.ᵗ Jude, v. 6 et ailleurs.

§. X X I V.

Voltaire avait un talent singulier, pour présenter ses découvertes sous un grand nombre de points de vue. Ainsi ses lecteurs pouvaient se contenter. Il leur était permis de choisir. Fidèle à son système, Voltaire offre à ses admirateurs cinq opinions, au sujet de l'époque à laquelle il veut que les Évangiles aient été connus des Païens. Il dit dans les conseils raisonnables, conseil 19, « que les livres « de l'Évangile *n'ont été connus*, dans « le monde, que plus *de 100 ans* après « l'évènement. » Dans l'Épître aux Romains, art. 5, il assure « que les Romains « *n'entendirent jamais* parler de ces Évan- « giles *pendant 200 années*. » Dans les questions sur les miracles, lettre 1.re, art. des Miracles des Apôtres, « il pré- « tend que les magistrats Romains *pendant* « *150 ans n'en eurent aucune connais-* « *sance*. » Dans le diction. phil., art. Christianisme, il nous apprend « que les « *Gentils ne virent* nos quatre Évangiles

« canoniques qu'*au bout de 250 années.* »
Dans la Bible enfin expliquée, nouveau
Testament, pag. 274, il révèle « que
« les Évangiles *furent entièrement ignorés*
« *des Gentils pendant 300 années* (1). »

Les *ignorans* qui sont embarrassés pour
choisir parmi *tant de richesses,* désire-
raient de savoir quelle règle ils doivent
suivre pour faire un choix heureux. Ils
demandent aussi, avec empressement, si
Voltaire avait donné la préférence à quel-
qu'une de ces cinq *différentes opinions.*
Répondrez-vous que le choix ne doit pas
être difficile, lorsque les opinions qui en
sont l'objet, sont toutes *incontestables?*
Satisferez-vous l'empressement des ignorans, en leur révélant que chacune des

_____

(1) Les *fanatiques* prouvent que les Païens
connaissaient les Évangiles dès le premier siècle.
Le philosophe Celse, disent-ils, qui, au rapport
d'Origène, vivait sous Adrien, composa un
ouvrage contre le Christianisme, et dirigea ses
traits contre *les Evangiles* qu'il citait fréquemment.
Cet ouvrage de Celse fut réfuté par Origène,
qui a conservé les objections du philosophe païen.

cinq différentes opinions qui viennent
d'être rapportées, était toujours préférée
aux autres dans le moment où Voltaire
l'enseignait, sauf à céder la place à un
autre en temps et lieu ; et qu'ainsi dans
les conseils raisonnables, lorsque Voltaire
donnait le 19.e conseil, il croyait *exclu-
sivement* « que les livres de l'Évangile
« n'avaient été connus dans le monde
« que plus de 100 ans après l'événement,
« etc., etc. ? »

Le lecteur *philosophe*, qui a pu con-
tenir son indignation, et lire jusques au
bout, ces *questions horribles*, est certainement convaincu qu'on ne doit y répondre que par *le silence du mépris*.

CONCLUSION et DÉMONSTRATION GÉNÉRALE et ABRÉGÉE.

Ma tâche est remplie, et je goûte la
douce satisfaction qui accompagne toujours l'accomplissement d'un devoir sacré.
Je ne dois point le dissimuler. Depuis

10

long-temps j'avais formé le dessein *philosophique* de venger *l'immortel Voltaire*
des *calomnies atroces*, que les partisans
de *l'ignorance* et du *fanatisme* ont osé
vomir contre lui; mais toujours ma plu-
me se refusait à retracer ces *imputations
affreuses* et ces assertions *horribles*, qu'il
fallait nécessairement faire connaître,
pour pouvoir en présenter la réfutation
victorieuse; et mon cœur succombait à
l'émotion trop vive de *sa sensibilité*, à la
seule idée qu'il y avait des hommes assez
injustes, assez *méchans* et assez *aveuglés*
pour payer, par *l'ingratitude la plus
monstrueuse, les services signalés* que
Voltaire *a rendus à l'humanité.* Cependant le cri de ma raison, mon amour
ardent pour la vérité, ma haine impla-
cable pour la superstition, ma vénération
profonde et bien sentie pour le Patriarche vénérable de la philosophie, l'espérance assurée d'éclairer, de détromper
et de ramener à la vérité ceux de mes
compatriotes, qui ont cédé à des insi-
nuations mensongères et perfides; tous

ces motifs réunis et fortifiés l'un par
l'autre, ont vaincu mes répugnances,
ont triomphé de ma sensibilité, et m'ont
déterminé à présenter au public cette
réfutation complète des mensonges et des
calomnies, qu'on n'a pas craint d'avancer
et de publier contre un homme extraordinaire dont la France se souviendra
toujours avec orgueil, et *surtout en
éprouvant le sentiment de la reconnaissance.* Je ne crois pas d'être démenti ;
mes réponses aux assertions des *fanatiques* sont toutes *claires, simples, nettes,
intelligibles et démonstratives.* Elles portent toutes le caractère auguste de la *ve-
rité.* Les mensonges des ennemis de la
raison universelle paraissent au contraire, *même avant d'être examinés, flétris*
par la *marque avilissante* qui désigne
l'erreur, et qui annonce la *mauvaise
foi.* Dès-lors ne puis-je pas me livrer
aux espérances les plus riantes ? Dès-lors
mon imagination enchantée ne peut-elle
pas me promettre les résultats les plus
heureux ? Aussi mon esprit est réjoui

par les perspectives les plus agréables.
Il me semble déjà que mon introduction
a opéré les changemens les plus mer-
veilleux. Il me semble que tous les hommes qui avaient été égarés, indignés
contre les *scélérats* qui les avaient trom-
pés, et honteux d'avoir gémi long-temps
sous le joug des préjugés, jurent une
haine éternelle *au fanatisme* et aux
hommes avilis qui le défendent. Si, *contre*
toute vraisemblance, il se trouvait encore des Français assez dégradés, assez
abrutis par la superstition, pour ne pas
reconnaître le langage de la vérité dans
mon introduction, j'ai encore une *dé-*
monstration sans réplique, qui doit
vaincre *infailliblement leur obstination*
insensée, et cette démonstration sans ré-
plique, c'est Voltaire lui-même qui la fournit. On accusa ce grand homme d'avoir
avancé un erreur dans ses écrits. Il ferma
la bouche à ses ennemis en leur répondant:
« *Si je l'ai dit, je me dédis* (1). » Telle

---

(1) Dict. phil. Art. Initiation.

est la *réponse victorieuse* que notre *immortel philosophe* donnerait à ses *calomniateurs;* il leur dirait : Si j'ai avancé des *bévues*, des *mensonges* et des *contradictions*, comme vous m'en accusez *avec raison*, je *me dédis*. Qu'avez-vous à répliquer ?.... Quel homme ne sent pas *la force de cette puissante logique ?* Ce coup de foudre *doit terrasser tous les fripons* (1).

---

(1) Si les hommes à *grands principes* et à *idées libérales*, daignent accueillir mon Introduction, je consacrerai, sans délai, mon temps et mes veilles, à la défense des Philosophes *Immortels* qui, comme Voltaire, ont été victimes des *Calomnies odieuses* et *atroces*, dirigées contre eux par les *Fanatiques* et par les *Scélérats*.

FIN.

FAUTES ESSENTIELLES A CORRIGER.

Page IV, note 1, ligne 2, Lamétrie, *lisez*, La Mettrie.

VI, note 2, lig. 12, il devait, *lisez*, devait.

VII, lig. 12, aussi, *lisez*, si.

8, lig. 2, glissé, *lisez*, glissées.

9, lig. 2, afrôn, *lisez*, aphrôn.

Ibid. lig. 3, Epodou, *lisez*, Epôdou.

Ibid. lig. 4, autem, *lisez*, autên.

11, dernière ligne, imaginé, *lisez*, imaginés.

20, lig. 4, redire que, *lisez*, redire à ce que.

21, lig. 4 et 5, ces deux villes, *lisez*, cette ville et ce pays.

27, lig. 13, ce livre, *lisez*, cet ouvrage.

42, lig. 18, Erimnys, *lisez*, Erinnys.

60, lig. 18, avili, *lisez*, avilis.

62, lig. 12 et 13, des passages, *lisez*, de passages.

64, lig. 14, note 2, il avait, *lisez*, avait.

76, lig. 19, couché, *lisez*, couchés.

77, lig. 13 et 14, des différens, *lisez*, de différens.

87, lig. 8, de l'immortalité, *lisez*, L'immortalité.

On prie le Lecteur de corriger lui-même les fautes que l'on aurait oublié de signaler.

www.ingramcontent.com/pod-product-compliance
Lightning Source LLC
Chambersburg PA
CBHW060845250626
47162CB00005B/2164